고래떼 사이를 항해하지 말라

25년의 시간이 내게 가르쳐 준 지극히 평범한 것에
숨겨진 인생 진리

If I knew then
what I know now

by
Richard Edler

고래떼 사이를 항해하지 말라

리차드 에들러 지음 | 박성호 옮김

평민사

감사의 글

이 책을 쓰고 꿈을 이룰 수 있도록 용기와 사랑과 도움을 아낌없이 베풀어 준 아내 키티와 아들 릭에게 감사한다. 사람이 사람에게 줄 수 있는 것 중 이만큼 큰 선물은 없을 것이다.

이 책을 쓰기 시작할 때부터 지지를 보내며 편집하는 데도 아주 커다란 도움을 주었던 그레그 사피로, 린 테븐, 스테시 크리머 그리고 에릭 시모노프에게도 감사한다.

그리고 내 삶에서뿐만이 아니고 이 책에서도 특별한 부분을 차지하고 있는 〈젊은 회장들의 협회〉와 〈미국 광고 에이전시 협회〉에 감사한 마음을 전하고 싶다.

또한 무엇보다 내 질문에 귀중한 대답을 해주었던 사람들에게 감사한다. 그들은 젊은이들이 인생을 좀더 유리하게 출발할 수 있기를 바라는 오직 한 가지 이유에서 그들 자신의 경험과 삶에서 얻은 가장 솔직한 생각과 지혜를 자발적으로 보내준 고마운 사람들이다.

책 머리에

일이 시작된 것은 12년 전이었다.

당시 나는 L.A.에 있는 한 광고 에이전시의 회장직을 맡고 있었는데, 어느 날 베이커스필드에 있는 캘리포니아 주립대학 상과대학 졸업식에서 강연을 해달라는 초청을 받았다. 초청 자체만으로도 명예스러운 일이라 나는 흔쾌히 이를 받아들였다. 그러나 이제 막 사회에 첫발을 내딛는 젊은 졸업생들에게 어떤 '실제적이고 귀중한' 가치를 전해 주어야 할지, 처음엔 아무리 생각해 봐도 별 신통한 대답이 떠오르지 않았고, 약속된 기한이 다가올수록 막막하기만 했다.

그러다가 문득 나는 내가 가진 장점을 생각해냈다. 사실 내게는 수많은 학생들 앞에서 내놓고 얘기할 만한 신통한 경험 하나 없었지만, 직업상 수많은 회사의 중역들과 회장들을 고객으로 삼고 있었고, 그들과 자주 접촉할 수 있는 특별한 장점을 가지고 있었다.

우선 나는 시범적으로 열 명의 고객들에게 이런 질문을 해보았다. (그들은 각자의 분야에서 최고의 자리에 오른 사람들이었고, 다른 사람들을 충분히 도와줄 수 있는 '훌륭한 지도자' 이자 사려 깊은 사람들이었다.)

"당신이 25년 전에 알았더라면 좋았다고 생각되는 것

은 무엇입니까?"

예상했던 것보다 각각의 대답들은 재미있었고, 졸업 식장에서 사회에 먼저 진출한 인생의 선배로서 후배들에게 들려줄 만한 훌륭한 내용들이었다.

그 후로 나는 이러한 질문을 다양한 분야에서, 더욱 많은 사람들에게 던졌고, 이 책은 바로 그들의 대답을 모아 엮은 것이다.

대답은 사람마다 천차만별이다. 너무 상반되는 대답이 있는가 하면, 어떤 것은 너무 무겁고 어떤 것은 너무 가볍다. 몇 명은 '익명'을 요구하기도 했다. 그럼에도 불구하고 그 어느 것 하나도 소홀히 대할 수는 없다. 각각의 대답에는 그 사람이 살아온 만큼의 연륜의 무게가 있기 때문이다. 어떤 한 가지 사실을 알기 위해 그 사람은 25년이란 세월을 보내야만 했던 것이다. 이런 점에서 대답의 유용성을 따지는 일은 그다지 중요하지 않다. 분명한 것은 그들은 젊은 세대들보다 25년이란 세월을 먼저 살았고, 그만큼의 무게를 가지고 있는 만큼 젊은이들이 미처 보지 못하고 있는 것들, 알아차리지 못하고 있는 것들에 안목이 있다는 사실이다.

일련의 경험에서 나온 인생 선배들의 이야기들은 성공을 꿈꾸는 당신에게, 길을 찾는 당신에게 따뜻하면서도 환한 삶의 등불이 되어 줄 것이다.(어떤 경우에, 나는 내 자신의 생각과 주석을 본문 아래에 나타내기도 했다.)

　내 희망은 그리 크지 않다. 다만 인생의 선배들이 '왜 진작 몰랐던가…' 하며 안타까워했던, 그들이 오랜 세월의 대가를 치르고서야 알게 된 삶의 귀중한 보물들을, 이 책을 읽음으로써 하루라도 빨리 당신 것으로 만들 수만 있다면, 그것으로 족한 것이다.

　　　　　　　　　　　　　　　 ― 리차드 에들러

차 례

이 책을 마크 메리웨더 에들러(1973-1992)에게 바친다.

20대에는 알지 못했지만 50대에 알게 되는 것은
대부분 말로 전달할 수 없는 것들이다.
만일 20대의 사람들이 조금만 주의 깊고 신중하다면,
50대의 사람들이 알고 있는 삶에 대한 모든 지식과 경험을
의사전달을 통해 쉽게 알 수 있었을 것이다.
그러나 그들은 그렇지 못했다.
그들은 그 많은 지식들과 경험들을 들어왔고 읽어왔지만
그것들을 생활화하지 않기 때문에 아무것도 깨닫지 못했던 것이다.
20대에는 알지 못했으나 50대에 알게 되는 것은
어떤 공식이나 단어의 형태가 아니다.
그것은 만지는 것, 보는 것, 듣는 것, 성공, 실패, 불면증, 헌신, 사랑으로
얻어질 수 있는 사람, 장소, 행동 그리고 이 지구상에 있는
다른 사람들의 경험과 정서를 아는 것이다.
그리고 아마도 그것은 당신이 눈으로는 볼 수 없는 일들에 대한
작은 믿음, 작은 존경심 같은 것이다.

— 아드라이 E. 스티븐슨
1954년 프린스턴 대학의 4학년생을
대상으로 한 연설 중에서

제 1 장

이제 당신이 알아야만 할 일들

어떤 일을 위하여 온 힘을 다하여
열심히 싸워 보라.

– 리 루
티아난멘 스퀘어의 학생 대표

당신의 행복은 전적으로 당신 자신에게 달려 있다.

다른 사람의 책임은 없다. 부모도 책임이 없고, 당신의 배우자도 책임이 없다. 오로지 당신에게 책임이 있을 뿐이다.

만일 당신이 행복하지 않다면, 당신 자신이 무언가 변화되어야만 하는 것이지 다른 사람이 당신에게 '맞추어야' 할 필요는 없는 것이다.

— 제럴드 D. 벨
노스 캐롤라이나 대학교, 케난-프라그러 경영대학원 교수

우리 삶에 주어진 축복에 감사하게 되면, 마음속에 숨어 있던 행복이 밖으로 나타나기 쉽다. 우리 주위에는 어렵고 힘든 와중에도 밝은 면을 찾아내서, 행복을 일깨워 주는 사람들이 있다. 우리 자신도 다른 사람의 삶에 행복을 주는 존재가 되어 보자.

목표를 가져라. 목표는 마감 시간이 있는 꿈이다.

— 마조리 블랑차드
작가

1. 리스트를 만든다.
만일 당신의 삶이 6개월밖에 안 남았다면 무엇을 하고 싶은가? 만일 당신이 다시는 돈에 대해 걱정할 필요가 없다면 무엇을 하고 싶은가?

2. 미래를 상상하라.
5년 동안에 당신이 되기를 원하는 이상적인 모습을 그려 보아라. 당신은 어디에 있을 것이며 무엇을 하고 있을 것인가? 또한 누구와?

3. 언젠가 있을 당신의 장례식을 상상해 보라.
당신에 대해 칭찬을 할 만한 세 사람을, 한 명은 당신의 가족 중에서, 한 명은 직업상 아는 사람 중에서, 한 명은 지역사회 안에서 세워 보아라. 그들은 누구인가? 정작 그들은 당신의 삶에 대해 무어라고 할 것인가? 당신은 그들이 당신 자신에 대해 어떻게 말해 주길 원하는가?

위 세 가지 대답과 현재 당신의 모습이 보여 주고 있는 차이점은 당신이 목표를 세우는 데 도움을 줄 것이다.

당신의 꿈과 목표는 무엇인가? 아직 모르고 있다면, 다음의 간단한 생각을 시작해 보도록 하자.

　개인적인 인간 관계에 있어서의 투자, 즉 사람을 새롭게 사귀는 일도 그렇지만, 마찬가지로 새로운 일을 시도하려면 그 일에 90% 이상의 시간을 투자해야 할 만큼 열심히 해야 한다. 나는 내가 그렇게 해왔던 것이 기쁘고, 그 외에는 어떤 다른 방법이 없었다고 확신하고 있다.

　심지어 그 당시에는 별로 즐겁지 않았던 10%의 경험까지도 내가 투자한 다른 90%의 시간에 더욱더 감사하게끔 한 몫을 한다.

— 데이브 크리텐슨
언스트 & 영 법률사무소의 파트너

사람의 마음은 낙하산과 같은 것이다. 펴지 않으면 쓸 수가 없다.
　　　　— A. 오스본

20대에는 충분한 시간이 있지 않은가? 그러니 실험하고 탐험하되 성급하게 결정을 내리지 말라.

20대에 당신이 좋아하는 것과 좋아하지 않는 것을 알아내라.

그런 다음, 30대쯤 되어서 평생의 직업을 발견하라.

40대에 들어서면 경력을 쌓도록 하라.

50대가 되면 경력을 즐기도록 하라.

젊은이들은 다소 긴장을 풀 필요가 있다. 젊어서 자신의 미래를 설계하고 내다보는 투시력도 필요하겠지만, 조급한 마음은 버려라. 자신의 성취에 대한 평가는 10년쯤 후로 남겨 놓는 것이 좋다.

— 코크레인 체이스
코크레인 체이스 리빙스톤의 전 회장

옳은 일을 하라. 만일 어떤 것이 옳은 일인가에 대한 확신이 안 선다면 자신에게 한번 물어 보라.

"내가 몰래 하는 행동이 만일 부모님이 읽는 신문의 1면에 나온다면 어떨 것인가?"

굳이 남을 속이면서까지 성공할 필요는 없는 것이다.

그리고 당신이 죽기 전에 하고 싶은 일들을 적은 '비밀스런' 리스트를 만들어라. 그것을 지갑 속에 넣어 가지고 다니면서 때때로 꺼내 보도록 하라.

예를 들면 풍선기구 타기, 콜로라도 강을 뗏목으로 내려가기, 2kg이 넘는 농어 낚시하기, 타지마할 방문하기, 만리장성 오르기, 스키 타기 등등. 또한 해가 지고 있는 세상을 지켜보기, 해안가를 따라 걷기, 찬 맥주, 사랑하는 사람의 귀 뒤에 하는 키스 같은 삶의 작은 즐거움들을 잊지 말라. 될 수 있는 대로 다양한 경험을 하라. 당신 자신을 오로지 일에만 묶어 두지 말라.

― 톰 존슨
케이블 뉴스 네트워크의 회장

당신은 여러 가지 문제들을 해결하기 위해 매일 일을 한다. 만일 그 문제들이 혼란스럽게 여겨지고, 계획에 차질을 빚게 하고, 사람들 사이에서 갈등을 일으키게 하고, 머피의 법칙이 당신을 화나게 만들 정도라면, 아예 시작을 하지 않는 것이 좋다.

모름지기 일을 사랑하는 사람들에게 문제를 해결해 가는 과정은 의미있고 만족스러워야 한다. 모든 문제들을 활짝 받아들여라.

— 플레전트 로우랜드
플레전트 회사의 회장

성공하려면, 문제에 맞부딪혀야만 하고, 실패에 맞서야만 한다. 그러면서 한 계단씩 올라갈 때, 더 많은 성취를 얻을 권리를 획득한다.
— 데이브 앤더슨

여기저기, 이런저런 일에 계속 나타나서 얼굴을 보이
도록 하라. 그러다 보면 언젠가 당신은 사람들의 앞줄에
서 있게 될 것이다.

— 톰 콜맨
콜맨 회사 회장

세상에 태어난 이상, 사
람들은 사귀는 법을 알아
야만 한다.
— 루소

불행 = 상상 — 현실

— 데니스 프라거
라디오와 TV 쇼 진행자, 종교학자, 작가, 강사

데니스는 우리 자신이 이루지 못할 일에 대한 이상을 가지고 있을 때 불행을 느낀다고 말한다. 예를 들면, 흠잡을 데 없는 완벽한 결혼이라든가 나이 40에 재정적인 독립을 이루는 상상 등은 대부분의 사람들이 현실적으로 이루기 어렵다. 결국 우리는 자신이 원하는 것에 미치지 못하는 자신의 실제 모습을 보면서 불행하다고 느끼는 것이다.

데니스의 방정식에서 우리는 단지 두 가지 일을 할 수 있다. 상상을 바꾸거나 현실을 바꾸는 것인데, 가장 좋은 방법은 우리의 허황된 상상을 바꾸는 것이다. 이것은 우리가 가지고 있지 않은 것에 초점을 맞추는 것보다는 우리의 현재가 얼마나 행복한가를 깨닫는 것이다.

데니스는 행복의 궁극적인 열쇠가 돈이나 권력, 친구, 건강이 아니라고 믿고 있다. 궁극적인 열쇠는 감사하는 마음이다. 선망과 시기하는 마음은 행복을 망치게 하지만 감사하는 마음은 행복을 확실하게 한다.

　내가 배웠던 단순하고도 가장 중요한 덕목은 무슨 일이든 강제로 할 수 없다는 것, 즉 스스로 알아서 해야 한다는 점이다.

　내가 일을 시작했을 때만 해도 케네디 스타일의 행동주의가 일을 끌고 가는 방식이었다. 그것은 어떤 문제점이 발견되면, 계획을 수립한 다음, 아무런 여과 과정 없이 다소 무모하고 단호하게 문제를 풀어 가는 방식을 의미한다.

　어느 날, 나는 미결서류함에 있는 일을 처리하지 못하고 사업상 출장을 가게 되었다. 열흘 뒤에나 사무실에

돌아올 수 있었는데, 돌아와 보니 내가 없는 중에도 직원들은 내가 남겨두고 간 문제의 90%를 해결해 놓았다.

뭔가 앞이 보이기 시작했다.

문제의 해결을 위한 조치를 내리기 전에, 모든 종류의 불안한 정책과 개인적인 질문들을 섞어놓게 되면 직원들은 그 안에서 나타난 해결점을 더 쉽게 인지하고 받아들이며, 무엇보다 상사가 강요하기 전에 먼저 문제의 해결점을 제의한다. 그들은 그 모든 과정을 강제라고 느끼지 않는 것이다.

「뉴스위크」, 「뉴욕매거진」, 그리고 지금의 「에스콰이어」지를 편집해 오는 동안 나는 많은 잘못을 저질렀다. 생각해 보니 내가 겪은 모든 잘못은 혼란과 불안의 순간을 벗어나서 바른 행동을 할 만한 시간이 사실 충분했음에도 불구하고, 무모하고 단호하게, 한마디로 케네디 스타일 행동주의로 나가야 한다고 스스로 확신했기 때문에 생긴 것들이었다.

— 에드워드 코스너
「에스콰이어」 잡지 편집인

청년들에게 권하고 싶은 말은 단지 세 마디면 족하다. 즉 일하라! 좀더 일하라! 끝까지 열심히 일하라!

— 비스마르크

어떤 일을 위하여 온 힘을 다하여 열심히 싸워 보라.

— 리 루
티아난멘 스퀘어의 학생 대표

어느날 우리 회사의 회장 사무실에서 나는 그의 대학 이사회의 사진을 보게 되었다. 중앙에 한 나이 든 남자가 있었는데, 그 사람의 등은 심하게 굽어 있었다.

회장은 그 사람이 이사장 이라고 설명했다. 그 이사장은 젊었을 때 피아니스트처럼 피아노를 아주 잘 연주했는데, 어느 날 사고로 등을 다치게 되었다. 의사는 그에게 다른 사람들처럼 등을 똑바로 펼 수 있지만 피아노를 연주할 수 없는 경우와, 피아노를 연주 할 수 있지만 평생 등을 똑바로 펼 수 없는 경우 중에서 선택을 하라고 했다. 그는 피아노를 택했다.

만일 나라면 그런 선택을 할 수 있었을까는 확신이 서지 않는다. 그러나 무언가를 하려는 그의 의지에는 깊은 존경심을 표하지 않을 수가 없었다.

24

25년 전에 어떤 사람이 일보다 더 중요한 것은 가족과 친구들이란 사실을 내게 말해 주었다면….

친구들과 함께 저녁을 먹고, 축구 경기를 하고, 학교 기숙사를 공개 방문하는 일 등의 작은 즐거움은 늙어서는 결코 되찾을 수 없는 것 중의 하나인데, 나는 그런 것들보다 그다지 큰 의미가 없는 사업상의 일이나 여행을 택했었다.

그러던 어느 날 나는 특별한 이유도 없이 그저 예산감축상의 이유로 19년 동안 일해 오던 직장에서 해고당했다. 내가 회사를 생각하는 만큼 회사는 나를 생각하지 않았던 것이다.

모쪼록 가족들과 친구들을 위해 많은 시간을 함께 보내도록 하라. 같이 운동을 하고, 같이 웃고 대화를 하도록 하라. 그들은 우리 자신이 쓸모없게 되었을 때도 우리를 쉽게 떠나거나 쫓아내지 않는다.

— 찰리 쉬먹
「Performing Arts」 잡지의 발행인

만일 당신이 자신의 몸을 돌보지 않는다면, 당신은 어떻게 살 것인가?

— 페기 아얄라
카미노 건강 센터의 간호사

우리는 "건강하려면 알맞게 먹고 적당한 운동을 하라."는 말을 자주 듣는다. 또한 실제 65% 이상의 사람들이 현재 '다이어트' 중이거나 체중에 '신경'을 쓰고 있다고 한다. 그러나 살다 보면 매순간 건강에 우선순위를 두기란 쉽지 않다.

그럼에도 불구하고 "건강해야 모든 것을 갖는 것이다"라는 속담처럼 그것은 가치있는 일이다. 아마도 당신은 한번쯤 몸이 아플 때 다시 건강해지는 것을 빼고는 아무것도 의미가 없다고 생각했을 것이다.

신체적으로 건강한 사람이 생각도 더 똑똑히 하고 하루 종일 잘 지낼 수 있다. 또한 이성에게 매력적으로 보이고, 긍정적이고 자신있는 자신의 이미지를 연출할 수 있다. 건강에 우선순위를 두어라.

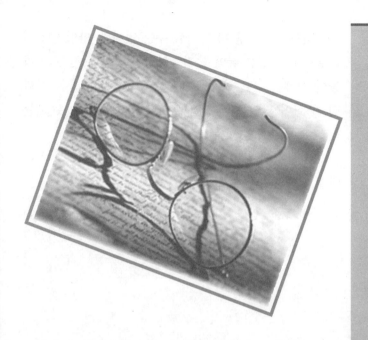

　아이의 생일마다 ─물론 첫돌 때부터 ─편지를 쓰도록 하라. 그 편지들을 모아두되 아무에게도 말하지 말라. 그리고 아이가 21살이 되었을 때 그 편지들을 자녀에게 주어라.

ー 리치 골드
R. N. 골드 & 컴퍼니 회장

신(神)은 도처에 가 있을 수 없기 때문에 어머니들을 만들었다.
ー 유태 격언

복리의 미묘함을 다 계산할 수는 없지만, 만일 당신이 20살부터 일정한 금액을 저축하기 시작하고, 당신의 쌍둥이 형제는 같은 액수를 30살부터 저축하기 시작한다면, 65살이 되었을 때, 당신은 당신의 형제보다 두 배는 더 많은 액수를 갖게 될 것이다.

바로 당신의 아이에 대한 사랑과 투자도 이와 같아서, 빨리 시작하면 할수록 좋다.

— 래리 히그비
76 프로덕트 회사 회장

사랑은 돌같이 그저 주저 앉아 있는 것이 아니고 빵같이 매번 새롭게 만들어져야 하는 것이다.
사랑은 우리의 생각과 감정과 행동을 통해야 제 빛을 발할 수 있기 때문에, 표현하지 않으면 아무 의미가 없다. 아이들에게 당신의 사랑을 흠뻑 전해 주어라.

내 아이들에게 들려주고 싶은 세 가지 지혜는 초점의 중요성, 불굴의 정신 그리고 자신의 재능과 역량에 맞는 일을 선택하라는 것이다.

첫째, 가까이에 있는 일에 초점을 맞추어라. 우리는 훈련과 집중이 부족한 사회에 살고 있는 것 같다.

둘째, 지쳐 쓰러질 각오로 자신의 일에 매달려라. 믿든지 말든지 다른 모든 사람들이 그렇게 하고 있고, 쉽게 이루어지는 일은 어디에도 없다.

셋째, 자신의 재능과 역량에 맞는 일을 선택하라. 특히 성장 가능성이 있는 새로운 일을 찾아내서 그 방면에 전문가가 되어라. 많은 사람들이 이미 자리잡고 있는 분야에서는 성공하기 어렵지만, 새로운 분야라면 예상했던 것보다 빨리 성장할 수 있을 것이다.

— 조 포토키
조셉 E. 포토키 & 연합회사 회장

심장의 고동 소리에 따르라.

— 피터 우에베로스
1984년 L.A. 올림픽 농구협회 회장

1991년, 남캘리포니아 대학교(USC) 졸업식 연설에서 피터는 졸업생들에게 이렇게 말했다. "여러분 각자의 심장의 고동 소리에 따르라!"

만일 당신이 인생에서 필요한 것들만을 추구한다면, 보통 돈을 포함한 다른 모든 현실적이고 실제적인 결과만을 중시할 것이다. 그러나 이러한 태도로는 진정한 자아 발전을 바랄 수 없다.

많은 사람들이 사는 동안에 무엇을 해야 하는지 내게 묻곤 하는데, 그때마다 나는 "25년 전에 누군가가 당신에게 말해 주었으면 하고 원했던 것이 무엇인가를 생각해 보십시오."라고 말한다. 그러면 그들의 대답은 한결같다.

"진작에 내게 꿈을 추구하라고 말해 주었다면 좋았을 거예요."

결국 그들은 자신들이 정작 무엇을 위해 살아야 하는지 스스로가 잘 알고 있는 것이다.

붉은 마호가니 피아노 ——————

　오래 전 20대였을 때, 나는 세인트 루이스 피아노 회사의 판매
원으로 일했다. 작은 마을의 신문에다 광고를 낸 다음, 그 광고를
보고 반응이 괜찮은 지역이 있으면, 작은 트럭으로 피아노를 싣
고 가서 파는 일이었다.

　미조리 남동부, 목화로 유명한 한 도시에 광고를 낼 때마다, 우
리는 "부탁입니다만 저의 어린 손녀를 위해 새 피아노를 가져다
주세요. 꼭 붉은 마호가니 빛의 피아노여야 하는데, 피아노 대금
은 계란을 팔아서 한 달에 10달러씩 꼭 갚아 가겠습니다."라는 엽
서 한 장을 어김없이 받곤 했다. 그녀는 엽서에 빈틈이 없도록 글
을 쓰곤 했는데, 심지어는 주소를 쓸 자리만 겨우 남겨 놓을 정도
였다.

　우리는 한 달에 10달러를 받고 새 피아노를 팔 수는 없었기 때
문에 그녀의 엽서를 무시하곤 했다.

　그럼에도, 어느 날 나는 다른 사람으로부터 와달라는 부탁을
받고 그 지역으로 갔다가 호기심에 그 노숙녀를 만나봐야겠다고
결심했다. 그녀는 내가 상상했던 것과 같이, 목화밭 한가운데, 방
하나짜리 오두막에 살고 있었다. 바닥은 더러웠고, 집안에서 닭
도 키우고 있었다. 차도, 전화도, 직업도 없는 그녀의 신용으로는
절대 아무것도 살 수 없었다.

　그녀의 어린 손녀는 한 열 살 쯤 되어 보였는데, 맨발에 푸대자
루 옷을 입고 있었다.

　나는 그 노숙녀에게 한 달에 10달러로는 새 피아노를 팔 수 없
으니 우리가 광고를 낼 때마다 엽서를 보내는 일은 그만 두라고
설명해 주었다. 회사로 차를 몰고 오는 내 마음은 무척 아팠다.

　그러나 내 말은 소용이 없었다. 6주마다 같은 엽서가 계속적으
로 우리에게 날라 들었다. 그녀는 항상 새 피아노를, 그것도 붉은

마호가니 피아노를 원하면서 10달러 씩은 꼭 갚아가겠다고 맹세했다.

몇 년 후, 한 피아노 회사의 대표가 된 내가 그 지역에 광고를 냈을 때, 그 엽서가 다시 날아들기 시작했다. 하지만 몇 달 동안 나는 그것을 무시했다. 내가 더 어떻게 무엇을 할 수 있었겠는가?

그러던 어느 날, 그 지역에 다시 가게 되었을 때, 어떤 생각이 나를 스쳤다. 그날, 우연히도 나는 작은 트럭에 붉은 마호가니 피아노를 싣고 있었다. 사업적으로는 말도 안 되는 결정이라는 것을 알고 있음에도, 나는 그녀의 오두막으로 가서 그 계약을 하고 말았다. 나는 그녀에게 한 달에 10달러씩은 내되, 이자는 안 내도 되니 쉰 두 번을 지불하면 된다고 얘기했다. 그리고는 비가 가장 안 떨어질 것 같은 곳에다 그 피아노를 들여 놓으면서 닭은 밖에서 키워야 한다고 충고까지 해주었다. 그 집을 떠나면서 나는 그 새 피아노를 그냥 준 것이나 다름없다고 여겼다.

그러나 한 달에 10달러씩 모두 쉰 두 번이 틀림없이 내게 송금되었는데, 가끔은 봉투 안에 동전이 테이프로 붙여져서 오기도 했다. 정말 놀라운 일이었다!

그리곤 나는 그 일을 20년 동안 잊고 있었다.

그러다가 다른 일로 멤피스에 갔다가 할러데이 인 호텔에서 저녁을 먹고 간단하게 한 잔 하려고 라운지로 가서 자리에 앉았을 때, 나는 내 뒤에서 가장 아름다운 피아노 소리를 듣게 되었다. 나는 주위를 돌아보다가 아주 좋은 그랜드 피아노를 연주하고 있는 한 사랑스러운 젊은 숙녀를 보게 되었다.

나는 그녀의 기교에 놀랐다. 더 잘 보고 더 잘 들을 수 있게 그녀 뒤에 있는 테이블로 자리를 옮겼다. 그런데 그녀가 나를 보고 미소를 짓더니, 잠깐 휴식을 취할 때, 내 테이블에 와서 앉는 것이었다.

"혹시 오래 전, 저의 할머니한테 피아노를 팔았던 분이 아니세요?"

라고 그녀가 물었다.

나는 생각이 나지 않아, 무슨 이야기인지 설명해 달라고 했다.

그녀의 말을 들으면서 나는 갑자기 기억이 났다. 오 세상에 그 꼬마라니! 그 낡은 옷에 맨발이었던 그 작은 소녀라니!

그녀는 자신의 이름이 엘리제라고 말하면서 그녀의 할머니는 레슨비를 대 줄 수가 없었기 때문에 그녀는 라디오를 들으면서 혼자 피아노를 연습했다고 얘기하는 것이 아닌가!

그녀는 할머니가 다니던 교회에서 연주를 시작했고, 학교에서도 연주하면서 많은 상을 타고 장학금도 받았다고 했다. 그녀는 멤피스에 있는 변호사하고 결혼했으며, 그녀의 남편이 지금 그녀가 연주하고 있는 그 아름다운 피아노를 사주었다는 것이다.

무언가가 내 마음에 떠올라서 나는 그녀에게 물었다. "엘리제, 그 그랜드 피아노 색깔이 약간 어두워 보이는데, 무슨 색이지?"

"붉은 마호가니 빛예요. 왜요?"

나는 대답을 할 수가 없었다. 그녀는 그 붉은 마호가니가 지니는 중요성을 이해할까? 그녀 할머니의 믿을 수 없는 고집을 그녀는 알고 있을까? 그때 그녀의 할머니는 자신의 그 작은 손녀가 지금 이렇게 눈부신 성공을 하리라고 믿고 있었을까?

갑자기 내 목이 아파오기 시작했다.

"그냥, 그 피아노 색이 무엇이었나 궁금했을 뿐이란다. 네가 정말 자랑스럽구나."

나는 그 즉시로 내 방으로 갔다. 왜냐하면 남자들은 사람들 앞에서 눈물을 흘리는 법이 아니니까.

— 조 에드워드

33

제 2 장

오랜 시간이 지난 후에야
알게 되는 일들

앞서가고 싶고, 앞에 서 있고 싶은
사람에게 유머와 확신과 긍정적인
태도야말로 머리가 뛰어나고
연줄이 있고, 경험이 있는 것보다
더 필요한 요소들이다.

— 샐리 코스로우
「맥콜」 잡지의 편집인

사람을 만날 때 당신의 사무실보다는 상대방의 사무실에서 만나라.

어떤 사람이 "당신을 뵐 수 있을까요?"라고 묻거든 "물론입니다. 제가 가 뵙도록 하죠."라고 하라.

여기에는 두 가지 이점이 있다.

우선 당신의 책상을 벗어나서 사무실 현관을 걸어나가면 더 많은 것을 볼 수 있다는 점, 다음으로는 바로 당신 자신이 원하는 때에 나갈 수 있다는 점이다.

밖으로 나간 당신은 곧 열정에 가득 찬 좋은 사람들을 만나게 될 것이며, 그 주위에서 적어도 새로운 것을 한 가지씩은 배울 수 있다.

― 딕 쉬로스버그
「로스앤젤레스 타임즈」의 발행인, 편집인

성공의 공식에서 가장 중요하고도 단순한 요소는 사람들하고 어울리는 법을 아는 것이다.
― 디오도이 루즈밸트

우편물은 오후 6시에 뜯어 보도록 하라.

— 찰리 퍼거슨
프록터 & 갬블의 전 광고 매니저

오후 6시까지 우편물을 뜯지 않고 둠으로써, 당신은 하룻동안 하고자 했던 일들을 차질 없이 진행할 수 있다. 그리고 하루의 일을 마친 후에, 오후 6시쯤에 당신에게 전해진 우편물을 뜯어 보게 되면, 당신이 내일 해야 할 일에 대한 계획을 세우는 데 도움이 될 것이다.

앞서가고 싶고, 앞에 서 있고 싶은 사람에게 유머와 확신과 긍정적인 태도야말로 머리가 뛰어나고 연줄이 있고, 경험이 있는 것보다 더 필요한 요소들이다.

— 샐리 코스로우
「맥콜」 잡지의 편집인

사교의 비결은 진실을 말하지 않는 것이 아니다. 진실을 말하여 상대방의 화를 유발하지 않는 기술을 말한다.
— 오기와라 사쿠다로

실수할까봐 두려워하지 말라.

실수를 하는 것은 노하우의 축적을 위한 연료이다. 단, 재기 있게 실수를 만회하는 법도 함께 배워야 한다. 또한 같은 실수를 두 번 반복하지 말라.

무수한 시행착오를 겪는 동안에 당신은 보수적이고 항상 조심스런 동료보다 더 빠르게 발전할 수 있을 것이다.

—J. 멜빈 뮤즈
뮤즈 코데로 첸의 회장이며 편집인

혹시 한 번의 실수가 모든 것을 망칠 것이라고 생각하는가?
단연코 실수한다고 해서 잘못 되는 것은 없다. 오히려 실수를 통해 많은 것을 배우게 된다. 다른 사람의 실수를 우리가 가볍게 웃어넘길 수 있듯이, 우리 자신의 실수에도 너그럽고 여유있게 대처하라.

1972년 비행기 한 대가 플로리다 공항을 이륙하려다가 추락했다. 보고서에 따르면 조종사와 부조종사가 잘 작동하지 않는 방향지시등을 서투르게 고치려고 했던 비행기록이 있는데, 그러다가 말 그대로 땅 위에 산산조각이 나버렸다. 그들은 급한 것을 하느라 중요한 것을 하지 않은 것이다. "먼저 비행기를 날게 하라!"는 조종사들의 오래된 격언처럼, 당신의 시간을 중요한 일에 쓰도록 하라. 나머지는 과감히 다른 사람에게 위임해도 좋다.

급한 것보다 중요한 것을 먼저 하라.

— 익명

40

어려서부터 엄마는 나에게 '제가 알기에는' 이라는 말보다는 '제 생각에는' 이라는 말을 쓰도록 교육시켰다. 덧붙여서 그렇게 했을 때 일이 잘못 되는 것을 한 번도 본 적이 없다고 말씀하셨다. 그것은 아주 그럴듯한 충고였다. 그러나 엄마가 미처 깨닫지 못한 것이 있었다. 그러한 태도는, 비록 나 자신이 잘못 되지는 않더라도, 남들에게 나 자신이 뛰어나거나 옳게 보이지 않는다는 사실이다.

직장 상사들은 자신이 알고 있는 사실을 '주저하며' 말하는 사람보다는 '확실하게' 말하는 사람을 필요로 했다. 자연히 나는 자신이 알고 있는 것을 당당하게 표현하는 다른 사람들에 비해 승진이나 여러 면에서 뒤처졌다. 내가 이미 '알고 있었고,' 그것들이 '옳았다' 해도 적극적이지 못한 표현으로 인해 나는 많은 손해를 보았던 것이다.

많은 시간 동안 나는 나 자신을 재훈련시켰다. 그리고 그 결과 나는 나날이 발전해 갔다. 아마 이러한 사실을 25년 전에 알았더라면, 지금과는 달랐을 것이다. 내 명확하지 못한 표현은 참으로 많은 것들을 불분명하게 만들었던 것이다(심지어 결혼까지도…).

그렇다 해도 나는 여전히 엄마를 무지 사랑한다.

— 리타 라오
마텔 장난감의 전 부회장

실패를 덮어가려고 에너지를 소비하지 말아라. 실패로부터 배우고 다음의 도전을 위해 나아가라. 실패하는 것은 괜찮은 것이다. 만일 당신이 실패하지 않는다면, 자랄 수도 없는 것이다.
— 스탠리 쥬드

당신이 원하는 바가 무엇인지를 정확히 알지 못한 채로 일을 시작하는 것을 두려워 말라. 아주 적은 사람만이 그것을 알고 있을 뿐이다.

그리고 일을 시작한 후에는 주위에서 무슨 일이 일어나길 막연히 기다리기보다는 일어나게끔 만들어라.

나는 현재의 지위가 자신의 능력에 비해 적당한 것 같음에도 불구하고 새로운 직업을 생각하고 있는 사람들을 매일같이 만나고 있는데, 그들에게는 현재 하고 있는 일에 대해 흥미와 열정을 가지고 사전 준비를 하는 것이 더욱더 가치있을 수 있다.

— 피터 켈리
R. 롤로 연합회의 매니징 담당자

능력 있어 보이는 그것이 능력 그 자체만큼 중요하다.

— 척 리에페
베롤 회사, 최고 경영자

사람들은 당신의 능력을 보기 이전에 당신이 능력 있어 보이는가에 더욱 주의를 기울인다.

그러니 걸을 때 탄력있게 걷고, 은근한 지휘력이 있는 태도를 지니고 웃으면서 사무실에 들어서라. 많은 사람들 앞에서 말하기 전에, 강단에 나서기 전에 준비를 단단히 하라. 만일 당신이 사업가로 성공하기를 원한다면, 공식석상에서 말하는 법을 꼭 배워라.

물론 진정한 능력이 뒷받침되어야 하겠지만, 특히나 첫인상은 많은 것을 중요하게 한다. 만일 당신의 첫인상이 좋지 않다면, 당신이 헤쳐 나가야 할 것은 더 많아지게 된다. 누군가는 이렇게 말했다.

"중요한 것은 당신이 무엇을 아는가가 아니고 당신이 알고 있다고 사람들이 생각하는 것이다."

일자리를 잃는 것을 걱정하지 말라.

만일 그 상황이 정말로 그럴 수밖에 없다면, 받아들여라.

해고당했다고 하더라도 그것이 끝은 아니다. 가끔은 실제로 일어나고 있는 일인데, 상황이 역전될 수도 있다.

나는 해고를 당한 많은 사람들을 관찰해 왔는데, 현명한 사람들은 해고당했을 때 더 좋게 일을 끝낸다.

분노와 좌절과 불안함으로 마음을 끓이지 말라. 어쩌면 해고는 당신이 한번도 생각지 않았던 삶의 가능성과 기회를 당신에게 제공할 수 있을 것이다.

— 짐 프라우리
푸라우리 & 연합회사의 회장

당신이 진정으로 하고 싶은 일이라면, 무슨 일이든지 하라. 불만스런 일이라도 받아들이고 유연성 있게 굴어라. 당신은 아직까지 모든 것을 알지는 못한다.

　신입 사원 면접을 하다 보면 젊은 세대에 대해 걱정하지 않을 수가 없다. 그들에게는 일을 배우려는 자발적인 마음도, 야망도 부족하다. 그들은 곧잘 이렇게 말한다.

　"아침 8시부터 저녁 8시까지 꼬박 일하는 것은 싫습니다. 왜냐하면 제 시간도 필요하거든요."

　당신이 진정으로 원하는 일을 하고자 한다면, 밤늦도록 다른 사람의 식사 시중을 드는 일이라도 감수하라.

　'기껏 다른 사람의 식사 시중을 들기 위해 대학 공부를 했단 말인가?' 하는 비참함도 받아들여라. 자신의 일을 위해서는 무엇이든지 해야 하는 마음의 자세가 중요한 것이다.

— 캐시 존스
유니버설 스튜디오의 마케팅 담당 부회장

사람은 경쟁자 때문이 아니고 자신 때문에 패배하는 것이다.
— 잔 크리스티안 스머츠

문제가 있는 사무실을 떠맡는 것에 겁을 내지 말라.
오히려 그것이 기회가 될 수 있다.

— 톰 오설리반
웰러 & 설리반 회사 회장

이것은 간단한 상식이다. 만일 당신이 원만하게 성장하고 있는 사업체를 맡는다면, 당신이 할 수 있는 최고의 일은 그것을 제대로 지키는 일일 것이다. 그렇지만, 만일 당신이 문제가 있는 사업체를 맡는다면, 예를 들어 새로운 제품의 매니저 같은 일을 맡는다면, 당신은 그 기회를 이용해서 최고가 될 수 있다.

만일 당신이 성공하지 못한다 해도, 당신은 '자신의 힘으로는 해결하기 어려운' 문제에 최선을 다했다는 자부심을 갖게 될 것이다.

고객이 당신을 해고하는 것이 아니라 당신이 고객을 해고해 보는 것도 괜찮은 일이다.

— 『월 스트리트 저널』 사설, 1992. 3.

이 사설은 고객과 사업주의 관계에 대한 독특한 비결을 제시하고 있는데, 나는 이 글을 읽고 감명을 받았다.

사설은 광고사업을 하는 데 있어서 에이전시의 근로의욕을 고취시키는 방법으로 피곤한 고객을 포기하는 것 이상은 없다고 말하고 있다. 비록 그 고객을 포기했을 때 회사가 어려운 지경에 처하게 되고 해고 당하는 위험이 있더라도 말이다.

이 말은 상식적으로 언뜻 이해가 되지 않을 테지만, 매주 무역잡지들은 이런저런 에이전시가 고객들 때문에 일거리를 잃고 있음에도, 고객들은 태연하게 새로운 에이전시들을 재고하고 있다는 내용을 헤드라인으로 다루고 있다. 에이전시들은 항상 고객의 변덕에 장단을 맞추는 줏대 없는 희생자처럼 보이는데, 어쩜 당신도 그러한 사실을 아주 자연스럽게 받아들이고 있는지도 모른다.

그러나 몇몇의 아주 건실한 에이전시들은 자신들만의 분명한 기준을 가지고 있다. 그들에게는 아무리 돈을 많이 준다 해도 받아들일 수 없는 고객들이 있다. 특히나 그들은 고객이 직원에게 모욕을 주는 행위는 절대로 용납치 않는다. 그들은 서로가 서로를 택한 만큼 고객과 자신들 사이에 서로 예의가 있어야 함을 믿는다. 또한 이러한 믿음은 결과적으로 직원들의 사기를 높이고 일의 효율적인 결과를 가져올 수 있음을 확신하고 있다.

오빠

　나의 가장 친한 친구의 아빠는 그녀가 다섯 살
때 돌아가셨다. 그녀의 가족한테는 너무도 힘든 일이었다. 그녀
보다 8살이나 위인 그녀의 오빠는 그녀의 엄마의 일을 도와주고
그녀를 돌보기 시작했다.

　아빠 대신에 엄마는 하루 종일 일을 해야만 했기 때문에 그녀
의 오빠는 그 또래 아이들보다 훨씬 많은 책임을 떠맡아야만 했
다. 학교에 갈 때면, 오빠는 손을 꼭 잡고 그녀를 버스 정류장까지
데려다 주고, 버스를 기다리는 동안 오빠는 아빠가 했던 것처럼
동생하고 놀아주었다. 그는 동생을 기쁘게 해 주려고 많이 애를
썼다.

　학교에서 집에 오면, 그녀는 동생을 앉혀 놓고 과자와 우유를
주고 엄마가 일에서 돌아올 때까지 동생의 숙제를 도와주곤 했
다. 그러고 나면 그는 엄마를 돕기 위해 세탁기를 돌려 빨래를 하
고 저녁도 준비하고 설겆이도 했다.

　그녀의 아빠가 돌아가시고 나서, 몇 년 후, 6월의 어느 토요일
에 친구는 엄마하고 쇼핑을 갔다. 가게에 '아버지의 날' 을 위한
카드들이 한가득 쌓여 있는 것을 가만히 보고 있는 친구를 보고
가슴이 아파진 그녀의 엄마는 그녀를 위로하려고 달래면서 말했
다. "얘야, 네가 무척 힘들 거라는 것은 안다."

　"아녜요, 엄마. 난 아빠 때문에 그러는 것이 아냐. 왜 '오빠의
날' 을 위한 카드는 없는 거죠?'

　그녀는 오빠를 위해 카드 한 장을 고른 다음, 눈에 눈물이 가득
찬 채로, '아버지의 날' 에 오빠에게 주었다.

　오빠는 그 카드를 읽으면서 눈물을 흘렸고, 그들 셋은 서로 꼭
껴안고 울었다. "내 아들아, 만일 너의 아빠가 여기 계신다면, 너
를 너무 자랑스러워하실 거다. 네가 이렇게 잘 자라서 아빠의 자

리를 대신하느라 최선을 다 하고 있으니. 우리는 너를 사랑한다.
고맙다. 아들아." 라고 말하는 엄마의 목소리는 갈라져 나오고 있
었다.

— 멜리사 나프

제 3 장

알고 있으면 좋을 일들

배우고, 벌고, 보답하라!
(Learn, earn, return!)
이것은 삶의 세 단계로,
처음 것은 교육에 힘을 써야 하고,
두 번째 것은 경력을 쌓고, 생계를 이어가고,
세 번째 것은 감사하는 마음을 가지고
다른 사람에게 돌려준다는 것이다.
각각은 그 다음 단계를 위한
준비 단계이기도 하다.

— 잭 바로우섹
트루 노스 커뮤니케이션 회장

어떤 것을 사고자 할 때, 양적으로는 3분의 1만 사고 질적으로는 세 배 좋은 것을 사라.

한 예로, 괜찮은 옷만을 사서 입어라(물론 괜찮은 옷이 꼭 비싼 것만을 의미하지는 않는다). 그러면 보기에 좋을 것이고 느낌도 좋을 것이며, 아침에 옷도 쉽게 고를 수 있을 것이다.

이는 비단 옷을 구입할 때만이 아니라, 당신 삶의 모든 부분에 적용된다.

그리고 쓸모없는 것은 가차없이 없애 버려라. 당신의 옷장과 사무실의 서류와 개인 물품들을 3분의 1로 줄여라. 삶이라는 여행에서 짐은 가벼울수록 좋다.

— 니타 알렌
미드웨이 제작사의 회장

어떠한 순간에도 무례하게 행동하지 말라.

현재의 한순간이 미래와 어떻게 연결될 것인지는 결코 알 수 없다. 그러니 타의에 의해 일을 그만두는 순간에라도 예의바르게 행동하고 감사함을 가지도록 하라.

또한 당신이 일을 시작할 때나 그만둘 때, 아니면 그 사이에라도 당신에게 도움을 주는 사람들에게 편지나 전자우편, 전보, 팩스 등 형식에 구애받지 말고 어떤 식으로든 감사함을 나타내도록 하라.

— 토니 호이트
하스트 회사의 전 부회장

　무엇이든지 결정하려면 먼저 찬성하는 이유와 반대하는 이유, 양쪽을 다 써놓는다. 손으로 직접 쓰기보다는 타이프를 사용해서 정결하게 해놓는다.

　한 발 물러서서 그 내용을 보면, 사심 없이 이성적인 결정을 내리는 데 훨씬 도움이 될 것이다. 단, 당신이 써 놓은 내용을 다른 사람이 보지 않도록 하라. 남이 볼 것을 생각한다면 당신은 당신 자신에게 솔직해지지 못하는 것이 보통이기 때문이다.

　　　　　　　　　　　　　　　　　　— 데니스 포프
　　　　　　　　　　와인크라웁 엔터테인먼트의 전 재정 책임자

내가 젊었을 때 사람들은 내게 참으로 많은 말을 했었다. 그러나 무엇보다 내게 의미있고 생각이 깊이 정리된 목표를 일찌감치 세우고, 그 목표에 전력을 기울이는 일이 중요하다는 것을 확신시켜 주었었다면 더 좋았을 것이다.

만일 내가 지금 가지고 있는 명확한 비전을 25년 전에 알았었더라면, 나의 인생은 훨씬 더 보람있었을 것이 틀림없다.

— 톰 리
뉴홀 랜드 & 농장 회사의 회장이며 최고 경영자

인생은 짧다. 그러나 비열하게 지내기에는 너무나 길다.
— 셰익스피어

25년 전, 나는 나의 경력이 일직선으로로만 뻗어서 성장할 수 있는 것이 아니고, 만화경같이 다양한 면으로 발달될 수 있음을 알았었다면 좋았을 것이다.

나는 젊어서 회사의 이상에 맞추어라, 지도자를 찾아라, 거래처의 비위를 거슬리지 말라는 등의 사업상의 케케묵은 규칙을 배웠다. 그러나 이러한 규칙들은 다른 사람에게는 몰라도 적어도 나 같은 사람에게는 맞지 않았다. 만일 이 사실을 진작에 알았더라면, 그 시절 나는 나 자신을 그 틀에 묶어 두느라 그렇게 많은 고생을 하지 않아도 됐을 것이다. 시간이 지나면서 나는 미운 오리새끼마냥 튀어나와 있는 못이라 해도, 그것 또한 사람들의 주목을 받을 수 있다는 것을 배웠다.

한 예로 25년 전에 지금같이 인터넷이 실용화되고, 케이블 텔레비전이 방대한 채널을 제공하게 되리라고 누가 기대했겠는가? 우리가 알고 있던 구형 모델들은 죽었거나 이내 사라져 가고, 새로운 것들이 매일 태어나고 있다. 그러나 그 새로운 것들은 이미 존재했던 것으로, 당시 그것들은 미운 오리새끼 같은 존재였던 것이다.

— 로버트 고트라이스
윌리암 모리스 에이전시의 부회장

무슨 일에서건 첫째가 아니면 마지막이 되어라.

"1등만이 살아남는다."는 말을 당신은 알고 있을 것이다. 한 예로 인터넷 서점인 '아마존(amazon)'은 창업한 지 얼마 안되어, 그 누구도 따라잡을 수 없을 정도의 괄목할 만한 성공을 기록됐다. 뒤이어 미국의 다른 대형 체인 서점인 '반스 & 노블'이나 '보더스' 등이 뛰어들었지만, 아마존을 따라잡기에는 이미 때를 놓친 것이다.

그리고 만일 당신이 맨 마지막줄에 있다면, 당신은 모든 사람이 앞에서 한 실수를 보고 배울 수 있을 것이다.

그러나 만일 당신이 두 번째라면 아무도 눈여겨보지 않을 것이다. 실제로 '인디 500'(자동차 레이스 대회)의 두 번째 승자나 역대 부통령의 이름을 기억하고 있는 자가 있는가?

언제고 행렬의 첫번째나 마지막에 서라.

— 잭 존스
그레이스톤 경영그룹의 회장

30여 년 전에 어떤 사람이 내게 말하길, 처음부터 너무 잘 해서 수퍼스타가 되려고 하지 말고 먼저 일이 되어 가는 형세부터 알라고 했다. 과연 그것은 맞는 말이었다.

또한 일의 형세를 알 수 있는 가장 좋은 방법은 우선 많은 관찰을 하는 것이며, 불쾌하게 행동하거나 지나치게 야망을 드러내거나 독단적이지 않으면서 동료들에게 할 수 있는 한 도움을 줄 수 있는 존재가 되는 것이다.

가능한 한 빨리 팀에 어울리는 선수가 되기 위해 노력하라. 그 노력을 게을리하지 않는다면 당신의 힘을 일부러 조직 전체에 퍼뜨리는 수고를 하지 않아도 사람들은 당신의 힘을 인식할 것이다. 또한 만일 당신이 강한 자존심을 가지고 있다면, 당신이 굳이 말하지 않아도 사람들은 그것을 알게 될 것이다.

당신이 회사에서 인정을 받은 후에는, 그것을 지키기 위해 애쓰는 것이 참으로 중요한데, 다른 사람들의 인정과 신뢰를 얻는다는 것은, 바로 당신이 할 수 있는 한 많은 것을 다른 사람들에게 나누어 주는 것을 뜻한다.

— 조지 그린
KABC 로스앤젤레스의 회장이며 총책임자

1972년, 나는 팀장으로 승진할 수 있는 기회를 제의받았다. 그때 나는 팀원 구성의 요건만 맞는다면, 그 자리를 받아들이겠다고 했다. 많은 보조금이나 큰 사무실을 원한 것은 아니었다. 그런 것들은 때가 되면 절로 오는 것이었다. 내가 원한 것은 팀의 강력한 힘이었으며, 그러기 위해서는 나는 나름의 방법을 강구해야 했다.

스토클리 카미카엘은 "모든 권력은 아래로부터 온다."고 했다. 그렇다면 팀장인 나의 힘은 팀원으로부터 올 것이 분명했다.

그래서 나는 팀원을 다 뽑은 후 그들에게 일할 수 있는 기회를 주었다. 만일 그것의 결과가 긍정적이면 칭찬을 하고, 설사 결과가 좋지 않을 때에도 함께 방법을 강구했다. 그리고 그들을 전적으로 믿었다.

마지막으로 내가 믿는 것 중의 하나는 나 자신이 언제나 젊은이들 속에 있어야 한다는 사실이다.

당신 자신을 젊은이들 속에 끼도록 하라. 그들의 에너지와 힘이 전파되어 당신도 느낄 수 있을 것이다. 많은 시간을 그들과 보낼 준비를 하고 그들의 경험을 공유하라. 오래 된 전쟁이야기 같은 지루한 이야기를 세 번 이상 반복하지 말라. 그렇게 되면 그들은 당신을 옛날이야기나 하는 사람으로 대하려 할 것이다.

— 스탠리 베커
뉴욕 사아치 & 사아치의 디자인 디렉터

아주 성공한 지도자들은 일반적인 지혜는 무시하고 모험을 받아들인다. 결과적으로 그들의 이야기는 그들이 심각한 위험을 받아 들이고 그것을 이겨 나가는 경험을 할 때 내린 중요한 결정과 결정적인 순간을 포함하고 있다.
— 래리 오스본

변화를 거부하지 말라. 그것은 끊임없이 일어나는 것이다.

내가 계획했던 일들은 대부분 다른 결과로 나타나곤 했는데, 내가 기대했던 것이 아닐 때가 많았다. 그리고 그것들은 보통 더 나은 모습을 보여 주었다.

모험을 할 용기를 가져라. 그것은 필수적이다.

젊었을 때 나는 안정적인 기초를 마련하고 다지기 위해 시간을 보냈다. 그러나 기초와 조건은 끊임없이 변한다. 뒤에 나는 '모험이란 두려워 말고 부딪쳐서 싸워야 하는 것'임을 배웠고, 모험을 감행하고서만이 일과 개인적인 삶에서 긍정적인 일이 일어난다는 것을 깨닫게 되었다.

또한 모험을 각오하는 에너지는 당신의 목적을 성취하기 위해 필요한, 당신을 도와줄 다른 사람들을 끌어들일 에너지도 창출해낼 수 있다.

— 칼 존슨
캘리포니아 파로스 베로데스에 있는
〈이웃의 교회〉의 원로목사

　푸른 목초지를 보면 푸른색만 있는 것 같지만, 고동색의 흙도 눈에 띄게 마련이다. 어떠한 것도 완벽하지는 않다.

　당신은 어디를 가든지 의뢰인이나 손님을 상대해야 하지만, 그와 반대로 당신은 또 어느 누군가의 고객이 될 수 있다. 그것이 세상의 이치로 '경력의 먹이 사슬'과 같은 것이다.

　그러니 무턱대고 걱정하는 것을 멈춰라.

— 세스 딩글리
레이크리지 그룹의 사장

우리 모두는 너무 비관적이거나 부정적인 사람들을 알고 있고, 때때로 우리 자신도 그와 같아질 때가 있다. 한번 부정적인 덫에 빠지게 되면, 우리의 삶은 불필요하게 복잡해진다.

우리의 마음을 안정시키기 위해, 부정적인 생각을 깨끗이 하는 것은 그리 어려운 일이 아니다. 아이작 싱거도 말하지 않았는가? "만일 내가 일이 나빠질 것이라고 얘기한다면, 그 말대로 될 확률이 많다."고 말이다.

당신의 기준을 높이 두고 언제나 그 높이를 지켜가도록 하라.

문제는 그 기준인데, 우선 당신은 그것을 다른 사람이 성취한 것에 의하여 세우기 쉽다. 그리고 다른 사람들로 하여금 그 기준에 의하여 당신 자신을 평가하도록 내버려둘 것이다.

그러나 중요한 것은 그 기준이 당신 자신을 위하여 있어야 한다는 사실이다. 그 기준은 다른 사람들이 당신을 위하여 세운 것보다 높아야 한다. 왜냐하면 결국 당신은 당신 자신과 살고, 당신 자신을 판단하고, 당신 자신에 대해 좋게 느껴야만 하기 때문이다. 그리고 그렇게 하기 위한 제일 좋은 방법은 당신을 가장 높은 가능성까지 올려 놓는 것이다.

비록 아무도 쳐다보지 않는다고 생각되더라도, 당신의 기준을 높이 세우고 지키도록 하라. 분명 누군가, 쉽게 눈에 띄지는 않지만, 그것을 알아챌 누군가가 있다.

— 다이안 스네다커
케첨 광고 회사(샌프란시스코) 회장

승리자는 다른 사람보다 자신이 전문가임에도 아직도 배워야 할 것이 너무나 많다는 것을 알고 있는 사람이다. 실패자는 자신이 더 배워야 할 것이 많음에도 다른 사람들이 자신을 전문가라고 여겨주기를 바라는 사람이다.
— 시드니 해리스

배우고, 벌고, 보답하라!(Learn, earn, return!)

이것은 삶의 세 단계로, 처음 것은 교육에 힘을 써야 하고, 두 번째 것은 경력을 쌓고, 생계를 이어가고, 세 번째 것은 감사하는 마음을 가지고 다른 사람에게 돌려준다는 것이다. 각각은 그 다음 단계를 위한 준비 단계이기도 하다.

— 잭 바로우섹
트루 노스 커뮤니케이션 회장

우리가 배우자나 부모에게 마음을 열고 사랑을 베풀 때, 다른 사람들에게 신실한 관심을 보여줄 때, 우리 자신을 사랑하는 것같이 사랑이 필요한 사람들의 마음을 고려해 줄 때, 상상했던 것 이상의 기쁨이 자기 자신의 내면에서 솟아남을 발견할 것이다.

— 장 파울

불운, 패배, 비극의 차이점을 구별하는 법을 배워라.

살아가면서 겪게 되는 대부분의 나쁜 일들은 불운이다. 더 심각하기는 해도 패배는 수정될 수 있다. 그러나 진짜 비극은 다르다. 당신이 비극을 경험하게 될 때 그 차이점을 알게 될 것이다.

삶의 모든 일들은 제자리를 찾기 위해 조화와 균형을 이룰 줄 안다. 현재 당신이 불운하다고 생각하며 괴로워하고 있는 대부분의 일들은 당신에게 기회가 될 수 있다. 그러니 어렵고 힘들다고 쉽게 포기하지 말라.

— 젊은 경영인들을 위한 지혜

일이 뜻대로 되지 않을 때는 나보다 못한 사람을 생각하라. 원망하고 탓하는 마음이 저절로 사라지리라. 마음이 게을러지거든 나보다 나은 사람을 생각하라. 저절로 분발하리라.
— 홍자성

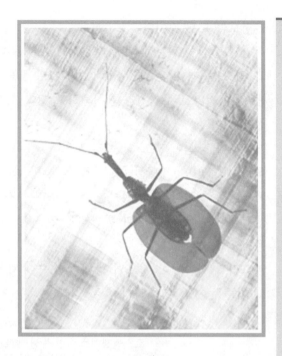

　때때로 진짜 바보 같은 사람들을 위해 일할 준비를 하고, 그것을 참아낼 마음의 태세를 갖추고 있어라.

　그들의 비위를 맞추는 것을 두려워하지 말라. 그들의 행동이 적절하지 않다 해도, 그들이 당신을 어디에 이르게 할지는 아무도 말할 수 없다.

　다만, 비록 당신이 바보 같은 사람들을 위해 일하고는 있지만, 그들의 결정은 당신과는 상관이 없다는 것에 주의하라. 결코 당신이 원하는 것을 그들이 이미 알고 있을 것이라고 추측하지 말라. 만일 당신이 무언가를 원한다면, 당신은 그들에게 그것을 말해야만 한다.

— 스티브 스키너
파라마운트 텔레비전 감독, 엔터테인먼트 투나잇 담당

정보는 모든 것이다.

만일 당신이 정보에 대해 다른 사람보다 좀더 많이 알고 있고, 좀더 많은 생각을 해오면서 사업을 이끌어 가는 것이 정말로 무엇인가를 이해하고 있다면, 당신은 성공할 것이다.

그러나 당신이 알고 있는 정보를 다른 사람에게 확실히 알게 하려면, 적당한 때를 잘 알아야만 한다. 단지 상사를 감동시키기 위해 지식을 보여 주려는 것은 잘못된 생각이다. 당신의 지식과 통찰력을 일을 잘 하는 데 이용하도록 하라.

그리고 사람들이 정보의 방대한 모습에 대해 무어라고 떠들든 기억하라. 하나님은 섬세하시다는 것을!

— 제프리 클라인
로스앤젤레스 타임즈 샌 페르난도 밸리 &
벤투라 카운티 판의 회장

66

어떤 일을 하고 있다고 할 때, 그 방면에서 전문가가 되어라.

어떤 특별한 분야를 깊이 연구하고 파고들어라. 규모가 아주 작더라도 중심이 되어라.

어떤 주제에서는 당신 주위에 있는 그 누구보다도 더 많이 알고 있어라.

— 알렌 J. 라슨
에반스 그룹 광고회사의 미디어 디렉터

자기 분야에서 권위자가 되어라. 제왕이 아니라도 누구나 자기 영역에서 제왕의 위엄을 지녀야 한다. 행동은 고귀하게, 생각은 높게 매사를 추진하면서 제왕과 같은 업적을 이룩하라.
— B. 그라시안

67

직업을 바꾸는 것을 너무 두려워 말라.

25년 전을 돌이켜볼 때, 그 당시 직업을 바꾸지 않았다면, 나는 상당한 어려움을 겪었을 것이다. 회사는 오래지 않아 문을 닫았고, 만일 거기 계속 있었다면 내 방황은 훨씬 더 길어졌을 것이다.

그리고 이것은 약간 다른 이야기이지만, 나의 아내는 내가 성공하는 데 많은 내조를 했다. 결혼을 하려거든 기꺼이 당신을 도와줄 사람과 하는 것이 좋을 것이다.

— 제럴드 A. 화운틴
쿨 캐리어 회사 회장

우리의 삶이 새로운 방향으로 열리는 가능성이 감지될 때, 우리는 성장할 기회를 갖게 된다. 살다 보면 변화에 끊임없이 부딪히게 되는데, 대부분 우리는 변화를 본능적으로 거부하는 경향이 있고, 변화가 성장이며 영적이고 정서적인 발전을 확실하게 해주는 것임을 잊고 있다. 변화를 지혜롭게 받아들이는 것이 곧 발전으로 가는 길임을 명심하라!

일을 할 때는 정열적으로, 자신의 생각을 옹호하는 데는 성실을 다해라. 그리고 당신은 타협할 때도 알아야 한다.

열정이 없다면 당신은 진지한 태도로 일할 수 없다. 또한 세상에 당신을 지켜줄 사람은 당신 자신 외에 아무도 없다. 자신의 판단이 맞다고 생각할 때에는, 그 어떠한 것에도 흔들리지 말라.

그런데 간혹 어떠한 문제들은—비록 원칙과는 무관한, 다분히 개인적인 것이라 하더라도—자신의 판단과는 다르게 다른 사람에게는 '절대적'인 면이 있을 수 있다. 이럴 때 당신은 타협할 수 있음을 이해해야 한다. 만일 당신이 절대로 타협을 모르는 사람이라면, 당신은 자신에게 행운을 가져다줄 수도 있는 기회를 종종 잃어버리게 될지도 모른다.

— 멜 뉴호프
보젤 월드와이드 부회장

우리 자신만 변하게 되면 우리 주위에 있는 사람들을 대하는 태도와 우리 자신의 삶도 바꿀 수 있다.
— 루돌프 드레커스

당신이 태어났을 때, 당신은 울음을 터트렸고 세상은 기쁨에 넘쳤다.

그러나 당신이 죽을 때는 세상이 울고, 정작 당신은 기뻐할 만한 삶을 살기를 바란다.

— 오래 된 축복의 말

매일 밤 자신에게 물어 보라.

"오늘 나는 회사를 위해 도움이 되었는가?"

만일 "그렇다"는 대답을 할 수 있다면 내일 계속 그 직장을 나갈 것이며, "아니오"라면 이력서를 다시 써라.

당신이 어떤 회사에서 일을 한다고 할 때 당신은 회사에서 단순히 월급만 받는 존재가 아니라, 이익배당을 지불받을 수 있는 투자가치를 지닌 존재이다. 이익배당이 클수록 당신의 미래는 밝은 것이다.

회사에서 많은 시간을 보냈다고 해서 월급 인상을 기대하지 말라. 월급 인상은 당신이 현재 받는 월급보다 당신 자신에게 더 많은 가치가 있을 때 주어지는 것이다. 그러니 당신이 해야 할 일보다 많은 것을 하라! 일찍 회사에 출근하고 늦게까지 일하고, 자신에게 주어진 일을 다한 후에라도 스스로 할일을 만들어라. 당신은 언제고 당신의 상사가 미처 생각하지 못했던 좋은 계획을 제안할 수 있게 될 것이다.

— 버디 와이스
와이스 광고회사 회장

관리, 경영하는 일은 밤중에나 해야 할 일이다.

— 존 두너
맥캔-에릭슨 월드와이드 사의 회장이며 최고 경영자

존은 에이전시 매니저의 일이란 절대로 책상에 앉아서 하는 것이 아닌, 직접 발로 뛰면서 고객들을 밖에서 만나고 다니는 일이라고 느꼈으며, 최고 경영자들은 안에서 사업을 바로 세우려고 노력하는 일을 해야 한다고 했다.

즉, '서류 작업'은 - 존은 이것을 '경영하는 일'이라고 불렀는데 - 경영자들이 '밤에 해도 되는 일'인 것이다. 간단히 전화나 전자메일로 다른 사람과 관계를 맺을 수는 없다. 나는 정보의 고속도로가 얼마나 미묘하고 복잡하게 되어 가는 지는 신경 안 쓴다. 아직도 사람과 얼굴을 맞대고 일을 하는 것이 필요하다고 생각할 뿐이다. 왜냐하면 사람들은 자주 보는 사람들을 신뢰하게 되어 있기 때문이다.

72

당신이 모르는 일에 투자를 시작했다면, 자연히 당신은 알기 위해 아주 열심히 일해야 할 것이다. 그런 마음가짐도 없이 친구와 공동 투자를 하거나, 친구가 진척시켜 놓은 일에 끼어들지 말라.

그리고 당신이 누군가와 합동으로 벤처 사업을 하거나 연합이나 파트너십으로 사업을 시작하려고 할 때는 같이 일할 사람이 과거에 어떤 사업을 했었는가, 어떤 타입의 사람인가, 일을 얼마나 오랫동안 했는가, 수입은 어땠는가 등을 살펴보아야 한다. 또한 그가 이룬 사업의 결과 못지않게 인간 관계가 어땠는가를 잘 살펴보아야 한다.

— 하워드 M. 코프
웨스트버리 화이낸셜 사의 회장이며 최고 경영자

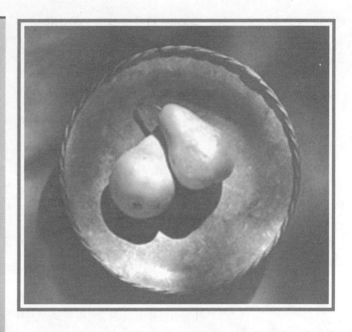

지금 우리는 텔레커뮤니케이션과 그 상호작용, 그리고 컴퓨터의 RAM 크기가 당신 회사의 크기만큼 중요하게 여겨지는 새로운 시대를 살고 있다. 그러나 아무리 우리가 전자학적으로 복잡하고 미묘한 가운데 있다고 할지라도, 좋은 아이디어를 가진 사람이 그 무엇보다도 우선순위에 놓이게 된다. 만일 당신이 모든 일을 아주 똑바르게 했다 해도 굉장한 아이디어로 승부를 걸지 않는다면, 아무리 해도 당신은 중간밖에는 될 수 없다.

굉장한 생각 하나의 가치를 절대로 잊지 말라. 간단하지만 굉장한 한 가지 생각으로도 1년 700만 불의 매출에 600만 불의 매출을 더할 수 있다.

— 존 마틴
타코 벨 회장

74

'엄청나게 큰 두뇌'에 대한 잘못된 개념을 경계하라.

나는 아주 큰 회사나 조직의 기초 어딘가에는 무슨 일이 어떻게 되어 가고 있는가를 훤히 잘 알고 있는, 큰 힘을 가진 어떤 한 그룹의 사람들이 있는 줄 알았다. 그러나 그것이 얼마나 잘못된 개념인가에 대해 누군가가 내게 일찍 말해 주었다면 좋았을 것이다.

또한 누군가가 내게 목표를 높이 두라고, 그것 때문에 생길 경쟁에 대해 쓸데없이 걱정하지 말라고 진작에 말해 주었더라면 좋았을 것이다.

큰 힘을 가지고 있는 사람, 즉 '엄청나게 큰 두뇌'를 가진 사람들만이 일을 잘 해낼 수 있을 것이라는 생각 때문에 나는 참으로 많은 기회들을 놓쳤다. 그리고 종국에는 그 '큰 힘'이란 것이 실제 내 힘과 다르지 않다는 것을 깨달았다.

밖에 있는 힘에 미리 주눅들지 말라. 대부분의 사람들도 당신과 마찬가지로 어떤 특별한 해답을 가지고 있지는 않다.

— 데니스 스쿠리
이그제큐티브 페이지 회사 회장

50년 동안 일해 오면서 수많은 이력서를 읽었지만, 제대로 된 이력서를 보는 경우는 흔치 않다. 나는 이렇게 이력서를 본다.

1. 깔끔함이 돋보여야 한다.

특히 오타는 두 배로 깎인다.

당신이 자신을 드러내는 일에 주의를 하지 않는다면, 어느 누가 회사를 위해 당신이 일을 잘 하리라고 기대할 수 있겠는가?

2. 추천서는 보지 않는다.

추천서를 써주는 사람들은 한결같이 이렇게 말한다.

"나는 어떤 추천서도 나쁘게 쓰지 않는다."

3. 논리적인 순서와 명료성, 간결함, 정직성을 본다.

이력서를 쓸 때 전체 내용을 비즈니스, 학업, 사회 활동 그리고 개인적인 부분으로 나누어라. 그 외에 내가 더 무엇을 알 필요가 있겠는가?

4. 엄청나거나 비현실적인 실적을 올렸다고 주장하는 것에 유의한다.

한 젊은 지원자는 이전에 근무하던 회사가 새로운 사업으로 천만 달러를 벌었을 당시 자신이 그 회사의 신입 사원이었던 사실을 이력서에 써넣었다. 그는 그 점에서 많은 점수를 받았다.

5. 직업을 자주 바꾸는 경향이 있는가를 본다.

　나의 아버지께서는 젊은 사람들이 사업을 하면서 저지를 수 있는 두 가지 심각한 잘못은 너무 자주 직업을 바꾸는 것과, 충분한 이유가 있는데도 직업을 바꾸지 않는 것이라고 하셨다.

— 몬티 맥키니
치아트/데이 도일 데인 버나흐/웨스트 전 회장

인간의 가치는 다이아몬드의 가치와 마찬가지여서 크기, 순도 등에 의해 일정한 범위 내에서는 고정된 가격이 제시된다. 그러나 이 범위를 넘어서면 가격은 임의로 제시된다.
— 샹폴(프랑스의 문인)

사람들과 좋고 안락한 관계만을 추구하지 말고, 여러 분야의 사람과 다양한 관계를 가지도록 하라.

살아가면서 나는 내셔널 풋볼 리그 체인점을 추구하고 획득하는 것, 그리고 시민권 문제를 해결하는 것, 합병, 인수 같은 새롭고 익숙하지 않은 일을 겪어야 했는데, 모든 단계에서 내 전문 분야 밖에 있는 사람들의 도움은 필수적이었다.

— 제리 리차드슨
플라그스타 회사의 회장,
캐롤라이나 팬더스의 창업주며 구단주

인간을 제대로 이해하는 방법은 한 가지밖에는 없다. 그것은 그들을 판단하는 데 결코 서둘지 말 것!
— 생트 뵈브(프랑스 작가)

내가 어렸을 때, 아빠가 집을 나간 후, 엄마와 오빠 그리고 나, 세 식구는 트레일러 집에서 살고 있었다.

　겨울이 되면, 우리는 신문지를 덮은 위에 얇은 담요를 덮어야 했고, 아침에 눈을 떠보면 화장실 물이 얼어있곤 했다. 우리는 거의 5킬로미터나 되는 거리를 걸어 학교를 갔다. 눈보라가 심하게 치던 날에는, 걱정이 된 엄마가 우리를 마중을 나오기도 했다. 그날 해리아저씨가 사 준 예쁜 스카프를 잃어 버렸는데, 다시는 스카프를 가질 수가 없었다. 그렇게 가난해도, 우리는 트레일러 주위에 꽃을 심었고, 그것들은 우리의 작은 트레일러 집을 아름답게 덮곤 했으며, 채소도 심어서 따먹곤 했다.

　가끔씩, 엄마는 저녁을 만들어서 오빠와 나만 주었다. 내가 저녁을 먹지 않는 엄마에게 왜 안 드시냐고 물었더니, 엄마는 음식을 만들면서 충분히 먹었다고 했다.

　비록 어렸지만, 나는 엄마가 거짓말을 하고 있다는 것을 알 수 있었다. 그리고 그 일은 오래도록 내 머리에 깊이 새겨져 있었다. 일년에 두 번씩, 우리는 세제를 풀어서 트레일러를 깨끗이 닦았다. 엄마는 우리가 가난하지만, 언제나 깨끗하게 하고 살아야 한다고 하셨다. 학교에 갈 때 나와 오빠는 깨끗이 다림질되고 풀을 먹인 옷을 입고 갔다.

　지금 엄마는 나와 같이 살고 있다. 엄마의 건강은 아주 안 좋아서, 걷기도 말하기도 거의 어려운 상태라 엄마를 돌보기는 쉬운 일은 아니다. 사람들은 엄마를 돌보는 것이 내게 짐이 아닌가고 생각하는 것 같다. 그렇다, 살아가다 보면, 힘든 일을 더 많이 겪게 되기도 하지만, 엄마는 내게 트레일러를 따라 피었던 꽃이나 세제의 향기 같은 작은 아름다움도 우리의 삶에 있다는 것을 알게 해주신 고마우신 분이다.

— 워니타 베이츠

제 4 장

알고 있으면 괜찮을 일들

25년 전 누군가가 나를 위해
'평온의 기도'를 해주었다면
좋았을 것이다.
그 기도는 '바꿀 수 없는 일을
받아들일 수 있는 평온함과
할 수 있는 일을 바꿀 용기를 주시기를'
간구하는 것이고, 무엇보다
'둘 사이의 차이점이 무엇인가를
아는 지혜'를 주시기를 간구하는 것이다.

— 팻 라일리
농구 코치

한 가지 회의를 끝내고 다음 회의를 할 때나, 한 통의 전화를 끝내고 다음 전화를 할 때, 2분 정도의 쉬는 시간을 가지도록 하라. 그렇게 하면 한 가지 일에 대한 어투가 다른 일에 영향을 미치는 것을 막을 수 있다.

또 그렇게 했을 때 당신의 분석은 더 정확해지고, 당신의 결정은 더 현명해지고, 당신의 행동은 더 맞아떨어지게 되는 것을 알게 될 것이다.

— 수잔 피터슨
「리버헤드 북스」 발행인

우리는 거의 매순간 생각할 여유도 없이 밀리듯이 살고 있기 때문에, 생각보다도 말이 먼저 나가버리는 경우가 많다. 그 결과 자신의 말이 상대방에게 어떤 영향을 줄지 고려하지를 못한다. 말하기 전에 좀더 생각할 여유를 갖는 것은 우리를 안정되게 해 줄 것이다.

세 사람에게 감사하다고 말하라.

— 빌 번바흐
도일 데인 번바흐 사의 창립자

번바흐 씨의 요점은 간단하다. 어떤 좋은 일이 당신에게 일어났을 때, 예를 들면 승진을 했다거나 생의 한 목표를 이루었을 때, 잠깐 쉬면서 감사한 마음을 전해야 할 사람들을 생각해 보라는 것이다.

대상은 학창 시절의 교수님이거나, 20년 전부터 사업을 이끌어 준 지도자거나, 당신을 지금 이순간까지 있게 해준 가족일 수도 있으며, 당신에게 첫번째로 진실한 기회를 준 사람일 수도 있다. 비록 10년도 넘게 세월이 흘러서 우연히 그들을 보게 되더라도, 그들에게 순수한 마음으로 감사하다고 말하라.

그것은 당신에게 당신 혼자서 그 일을 한 것이 아님을 기억하게 해줄 것이다. 즉 당신을 겸손하게 해줄 것이며, 당신의 삶에 변화를 가져다준 사람들에게 진심으로 은혜로운 마음이 들게 해줄 것이다.

당신의 입과 귀를 열고 있어야 한다. 당신 주위에는 당신이 알아주기를 기다리고 있는 연구와 발명의 결정체 같은 자료와 인재들이 엄청나게 많다.

나는 가장 창조적이고 획기적인 발명의 몇 가지가 그리 활달하지 않은, 다소 내성적인 직원들로부터 나온 것임을 알았다. 그 후로 나는 직원들에게 늘상 물어 보고, 그들의 말을 들을 준비를 해야 했다. 다름아닌 '열린 정책'의 실현이 필요했던 것이다.

직원들이 자신의 의견이 가치있는 것이라고 스스로 느끼게 되면, 그들은 돈 주고는 살 수 없는 주인의식을 갖게 된다. 그리고 직원들의 주인의식이야말로 회사를 발전시키는 원동력이 되는 것이다.

— 딕 로후린
센츄리 21 부동산 전 회장이며 최고 경영자

경영자의 태도에 따라 직원들을 성공적으로 만들거나 망칠 수 있다. 경청하는 경영자, 그리고 직원들이 스스로 말하는 분위기로 이끌어가는 경영자는 자신과 부하직원들 모두에게 도움이 되는 참여의식을 심어줌으로써 회사의 발전과 직원들의 성장을 유도할 수 있다.
신은 인간에게 한 개의 혀를 주셨지만, 귀는 두 개를 주셨다. 왜냐하면 말하는 만큼의 두 배로 다른 사람의 말을 들어야 하기 때문이다.

무슨 행동을 취하기 전에 인내심을 가지고 24시간만 기다려라.

— 셀윈 허슨
윈저 파크 그룹 최고 경영자

감정적이거나 충동적인 상태에서 절대로 행동하지 말라. 내 경험에 의하면, 합병과 협상에서 성공의 90%는 인내의 결과였고 실패의 90%는 인내가 부족한 때문이었다. 급하게 행동하지 말라. 생각할 시간을 가져라. 냉정해져라. 24시간을 기다린 다음 결정하라.

나는 지금 가족과 친구, 가치와 이상의 중요성을 25년 전에 느꼈던 것보다 더 절실하게 깨닫고 있다.

개인적인 삶과 사회적인 삶 사이에 어울리는 가치를 깨닫고, 그 균형으로 마음의 안락을 느끼는 것은 또한 덤으로 얻어지는 성숙의 열매이다.

— 시드 세인버그
MCA 회사 회장

우리는 너무 자주 우리의 삶이 다른 사람들의 삶과 단단히 엮여 있다는 감사한 사실을 잊어버린다. 만일 우리 자신이 다른 사람과 연결되어 있음을 기억한다면, 외롭다거나 소외된 듯한 느낌은 없을 것이다. 또한 모든 사람이나 상황이나 경험이 나름대로 가치와 의미를 가지고 있다는 사실을 생각하게 될 때, 우리는 경이로움을 느낄 수 있다.
— 스탈당

25년 전 누군가가 나를 위해 '평온의 기도'를 해주었다면 좋았을 것이다.

그 기도는 '바꿀 수 없는 일을 받아들일 수 있는 평온함과 할 수 있는 일을 바꿀 용기를 주시기를' 간구하는 것이고, 무엇보다 '둘 사이의 차이점이 무엇인가를 아는 지혜'를 주시기를 간구하는 것이다.

— 팻 리리
농구 코치

기도에는 정해진 격식이 없다. 하나님과 어떤 식으로든 말하기를 원한다면 그것이 기도이고, 하나님은 그 모든 것을 듣고 계신다. 누군가를 향해 우리가 가지고 있는 사랑스런 생각들도 다 기도이다. 사람들 사이에 있을 때나 가족들과 저녁을 먹을 때나 잠자리에서나, 무릎을 꿇거나 언제든지 기도할 수 있다. 기도를 하면 할수록 우리는 우리 자신이 달라짐을 느낄 수 있을 것이다. 당신이 누군가를 위해 기도하게 될 때, 그에 대한 당신의 개인적인 태도도 변하게 됨을 느낄 수 있다.

— 노만 빈센트 펄

"연락하지 않는 것은 마음을 쓰지 않는 것이다."

고객과 연락을 자주 취하는 것은 모든 것을 의미한다. 처음 광고업계에 들어섰을 때 나는 이것을 깨닫지 못하고 있었다. 나는 특별히 말할 것도 없고 보고할 어떤 것도 가지고 있지 않으면서 고객에게 전화를 하는 것은 그의 시간을 고려하지 않는 낭비라고 느꼈었다. 그러나 그것은 틀린 생각이었다. 고객들은 사소한 사항이라도 듣고 싶어했다. 그들은 내가 자신들에게 얼마나 마음 쓰고 있는지 알 권리와 필요가 있었던 것이다.

무엇을 말해야 할 것인가는 걱정하지 말라. 일단 접촉하라. 화제는 자연적으로 나오게 되어 있고 고객도 아마 하고 싶은 말이 있을 것이다. 다만, 먼저 그들의 이야기를 들어야 한다는 사실을 기억하라. 가급적 당신은 서두만 꺼내고 그들의 얘기를 들어라. 이런 접촉은 일이 어떻게 되어가고 있는가에 대한 귀중하고도 새로운 정보를 제공해 주기도 한다.

― 제리 맥기
오길비 & 마더 회사 경영감독

기억력을 계발하라.

기억이란 것은 중요한 순간에 결정적인 역할을 할 수 있다.

지난날을 돌이켜보면 단순히 이름이나 장소, 숫자를 기억해낼 수 없었기 때문에 기회를 놓친 적이 있다. 바로 그것은 성공과 실패의 차이점이었던 것이다.

— 그레그 에콘
제임스 에콘 & 컴퍼니 회장

충분히 근거가 있는 소리다. 가장 중요한 법칙 중의 하나로 다른 사람의 이름을 기억하는 것이다. 어느 나라 말로 하든지 가장 듣기 좋은 소리는 자신의 이름이 정확하게 발음되는 것이다.

또한 이는 상대방을 도와주는 길이기도 하다. 고객과 만났을 때, 상대방이 당신의 이름을 기억하는지 못하는지에 상관없이, 당신이 먼저 당신의 이름을 크게 말하라. 그러면 상대방은 십중팔구 이렇게 말한다.

"아, 물론 당신을 기억하고 있습니다."

그러나 실제로는 반 이상이 당신을 기억하지 못했을 것이며, 속으로 난처한 상황을 모면하게 해준 당신에게 은근히 감사해할 것이다.

친절이야말로 사람들과 사업적인 관계를 맺어 가는 데 있어 가장 가치있고 간단한 장점이라는 것은 쉽게 증명되곤 한다.

동료들에게나 사업상의 계약을 할 때 상대방에게 개인적으로 흥미가 있음을 보여 주도록 하라. 그것은 계산할 수 없는 많은 기회를 창출해낼 수 있을 것이다. 그리고 무엇보다 친절에는 돈이 들지 않는다.

— 토마스 A. 마루프
남부 캘리포니아의 프라임헬스 사의 회장이며 최고 경영자

설사 쉽게 좋아질 것 같지 않은 사람을 만났다 하더라도, 여전히 친절하게 대하라. 기업 경영에 있어서도, 언제나 친절하려고 노력하는 기업은 친절하지 않은 기업보다 재정적으로 더 나아질 것이 확실하다.

성공을 위한 가장 진실한 열쇠는 다른 사람을 우선 고려하는 것이다. 다른 사람이란 당신의 가족이거나 사업상의 동료, 친구, 고객일 수 있다.

나는 인간이란 이 세상에 상대적으로 이기적인 창조물로 태어났기 때문에, 덜 그렇게 되려고 노력하면서 사는 여정이 우리의 삶이라는 믿음을 가지고 있다.

그리고 다른 사람을 생각해 주는 마음은 우리에게 그대로 돌아오게 되어 있다.

— 로버트 J. 바우어
레이 쿠크 골프 사의 회장

언제나 시간을 지켜라. 다른 사람의 시간을 존중하는 것이 가장 큰 경의의 표시이다. 잠시 생각을 해보면, 우리가 가지고 있는 것중 가장 가치있으면서도 가장 사라지기 쉬운 것이 우리의 시간인 것이다.

회의에 늦게 옴으로써 다른 사람의 시간을 낭비하는 일은 모욕적인 행위이다. 스스로 약속 시간을 지킴으로써 다른 사람의 시간을 존중하는 예의를 가져야만 한다. 5분 늦기보다는 한 시간 빠른 것이 훨씬 낫다.

일반적으로 어느 회사에서든지 지위가 높이 올라갈수록 손님에 대한 접대를 정중히 해야 하고 회의시간에도 맞추어 가야 된다. 진정한 지도자는 다른 사람들을 기다리게 하지 않는다.

— 월터 메리웨더
일리노이 미트 컴퍼니 전 최고 경영자

한때 나는 사람들이 자신을 좋아하는 것이 중요한 것이 아니고, 남들로부터 존경을 받는 것이 중요하다고 들었다.

그런데 둘의 관계가 배타적인 것이 아님에도 어떤 사람들은 실제로 그들이 다른 사람들을 무섭게 대할 때 자신들이 존경을 받는다고 생각하고 있다.

자연스럽게 행동하라.

당신의 지식, 믿음, 다른 사람에 대한 감성, 도덕성을 확실하게 해두어라. 본보기 역할도 중요하지만 당신에게 맞지 않는 스타일과 가치를 가진 다른 사람의 흉내를 내느라 애쓰지 말라.

많은 사람들이 출세한 것은 사실이지만, 당신도 꼭 출세할 필요는 없지 않은가?

— 사이몬 M 콘브리트
유니버설 영화사, 월드와이드 마케팅 담당

당신과 가까운 누군가가
슬픈 일을 당했을 때, 그냥
꽃이나 카드를 보내는 것
으로 그치지 말고 직접 가
보도록 하라.

그들 가족 중 한 사람
이 죽었다는 말을 들었
으면서도 모르는 척하
지 말라. 비록 그들이
경황이 없어 방문한
당신이 무슨 말을 했
는지 기억하지 못하
더라도, 당신이 왔
다는 사실은 절대
로 잊지 않을 것이
다. 그리고 다른 모든 사람들
이 슬픔을 잊어 가는 동안에도 당신은 잊지 말고 그
들을 찾아야 한다. 이런 것이야말로 진정한 우정인 것이
다.

— 해리 챤디스
지프—데이비스 출판사(비즈니스 분야) 전 회장

적을 만들지 말라. 세상에는 당신과 갈등을 일으킬 수 있는 꿈과 욕망, 그리고 목표를 가진 사람들이 얼마든지 있다. 그러니 그들을 미워하지 말라. 모든 상황을 분석해 보고 어떻게 해야 당신이 최고로 유리한 결과를 얻을 수 있을지, 동시에 다른 사람은 최소의 비용으로 과연 어느 정도의 성공을 거두는지를 살펴보아라.

— 피터 캐로이라스
매그네티카 회장

미움은 초대하지 않아도 저절로 오는 불청객과 같다. 많은 사람들은 이유도 모르고 괜히 서로 싫어한다. 그들의 악의는 친절보다 앞선다. 남의 존중을 받기 위해서 먼저 남을 존중하라. 그리고 존중받는 것을 소중히 여겨라.

25년 전 나는 살아가는 데 있어 '조화'라는 단어가 무엇을 의미하는지 몰랐지만 이제는 알고 있다.

그것은 무슨 무슨 회의나 협회, 저녁의 판매촉진대회 또는 아무 의미 없는 모임에 "당신이 참석해 준다면 영광입니다…"라고 말하는 사람에게 단호히 "NO!"라고 말하는 방법을 배우는 것을 의미한다.

반면 그것은 아들과 함께 야구경기를 보러 가거나, 딸을 학교에 데려다 주는 일에는 "Yes!"라고 말하는 것을 의미한다. 또한 자신에게는 중요하지만 주말에 해서는 안 될 어떤 일을 하기 위해서, 가족들을 뒤로 한 채 당신 혼자 방에 들어가 버리지 않는 것을 의미한다.

25년 전의 나와 지금의 나 사이엔 얼마나 많은 차이가 있는지….

— 브래드 볼
데이비스 볼 & 콜롬바토 회장

개인적으로나 사회적으로 성공적인 삶을 사는 열쇠는 바로 다른 사람의 기대에 당신을 맞추는 것이 아니고 당신 자신의 요구에 부응하는 것이다.

당신이 의미를 두는 것은 무엇이며, 당신은 누구인가를 말해 보라. 나는 그렇게 해오면서 그 열쇠를 찾았다.

— 알 티렌스타인
로드니 스트롱 포도농장 회장

자신에게서 어떤 능력이 우세한지를 판단하라. 자신의 특출한 재능이 무엇인지를 알면 이를 가꾸고 다른 재능을 보완하라. 누구나 자신의 장점을 알면 무엇인가에 특출한 사람이 될 것이다. 어떤 사람은 이성이 특출하고 어떤 사람들은 용기가 특출하다. 그러나 대부분의 사람들은 저마다 타고난 재능을 아무렇게나 다뤄 그것을 빛내지 못한다.
— B. 그라시안

살다 보면 우연히 굉장한 발견을 하는 수가 있다. 그러니 삶의 모든 과정마다 집중하려고 노력하거나 계획을 세울 필요는 없다.

　어렸을 때 나는 될 수 있는 한 많은 일을 배우는 기회를 갖고자 했다. 시험 공부도 단순히 'A'를 얻기 위한 목적으로만 한 것이 아니고, 단지 모든 세계의 역사와 문화에 대해 알고 싶어서 열심히 한 것이다.

　처음에는 긴장을 풀고 느슨한 상태로 있어라. 어차피 당신의 나머지 삶은 당신의 초점을 좁히는 데 쓰여질 것이다.

— 콘돌리자 라이스
스탠포드 대학교 사무장

"만일 당신이 첫째가 되기를 원한다면 줄 뒤에 가서 서라."

"다른 사람들이 당신에게 해주었으면 하는 대로 그들에게 하라."

이 말들은 아주 간단명료하지만, 강력한 힘을 가지고 있다.

고객들을 대할 때 그들을 지구상에서 가장 중요한 사람으로 대하라. 배우자를 마치 왕족처럼 소중히 하라. 동료 직원들의 권위를 당신보다 앞에 두어라. 당신의 라이벌, 이웃, 조수, 아들, 딸, 웨이츄레스, 변호사 등 모든 사람들을 당신의 생각이나 행동에 있어 진지하게 당신 자신보다 앞에 두어라. 당신이 다른 사람들에게 쏟아붓는 사랑은 파도처럼 당신에게 되돌아올 것이다. 자기 자신을 행복한 삶으로 이끌어 줄 파도는 어느 누구도 혼자서는 성취할 수가 없는 것이다.

위의 말들을 명심하고 충실히 이행하는 한 당신은 자신의 무모한 꿈을 넘어선 평화와 행복, 영적인 즐거움 그리고 물질적인 부의 풍요로움을 보장받을 수 있을 것이다.

— 마크 초아테
스미스 바니의 포트폴리오 매니저

승리자가 되기 위한 방법이 많다는 것에 의심은 없지만 패배자가 되는 데는 한 가지 방법밖에 없다는 것은 확실하다. 그것은 실패하고 나서 실패를 딛고 일어서지 못하는 것이다.
— 카이레 로테

이 지혜는 간단한 '기억의 비결'이다.

이른 아침, 사무실의 불을 켜면서 당신의 머리의 불도 동시에 켠다고 생각한다(이때 시동이 걸린 자동차처럼 당신도 일할 준비를 갖추게 된다). 이후 밤이 되어 사무실을 떠날 때, 전기불과 사업에 빠져 있던 당신 자신의 스위치를 내린다. 단, 문제점들은 그냥 책상 위에 두고 나가라. 그것들을 집으로 가지고 가지 말라. 당신 삶의 건강을 위하여 조화롭게 스위치를 올리고 내려라. 전깃불과 사람들은 그렇게 빨리 타버리지 않는다.

당신이 떠날 때는 불을 꺼두어라.

— 딕 루드
루드 & 파트너즈 회장

100

만일 내가 인생을 다시 살 수 있다면,

다음에는 더 많은 실수를 과감하게 저지르고 싶네.

긴장을 풀고 좀더 유연하게,

지금보다는 더 어리석게 살고 싶네.

아니 꼭 그렇게 살리라.

매사를 너무 진지하게 여기지 않을 것이며,

내게 주어진 기회를 되도록이면 놓치지 않을 것이네.

여행도 자주 다니고 등산도 자주 가고

강에서 수영도 자주 하고 싶네.

그리고 아이스크림도 많이 먹고 싶네.

그러나 콩요리는 덜 먹고 싶네.

비록 현실은 힘들더라도 상상 속에서는 그러고 싶지
않네.

시간시간과 하루하루를 의미 있고 분별있게 살아가리
라.

만일 내가 인생을 다시 산다면,

이런 순간들을 더 많이 가지고 싶네.

사실, 이런 순간들 외에 다른 시간들은 가지고 싶지
않다네.

너무 오랜 세월을 앞에 두고 살아가는 대신

하루하루를 맞으면서 살고 싶네.

나는 체온계, 보온병, 레인코트, 그리고 우산이 없이는
아무데도 갈 수 없던 사람.

그러나 만일 내가 인생을 다시 살 수 있다면,

나는 이른 봄부터 늦가을까지 맨발로 지내리라.

무언가를 성취하는 사람과 평범한 사람과의 차이점은 무엇인가? 수많은 어려움에도 불구하고 놀라운 일을 이루는 사람들한테는 무엇이 있는가? 그 차이점은 그들이 실패를 어떻게 받아 들이고 어떻게 대응하는가에 있다.

이 글은 유명한 아르헨티
나의 시인 조지 루이스
보기스(Jorge Luis
Borges)의 작품으로,
우리 가족에게 삶의 철학
이 되고 있다. 특히 이 글
은 켄터키주, 루이스빌에
살고 있는 93살 된 할머
니, 나딘 스테어(N.
Staie)가 지방신문에 소
개하면서 널리 알려졌는
데, 그녀의 93번째 생일
에 한 기자가 그녀에게
물었다. "만일 다시 삶을
살 수 있다면 무엇을 다
르게 하고 싶은가?" 그
러자 그녀는 이 시를 인
용했는데, 이로 인해 간
혹 그녀 자신이 이 작품
의 저자로 오인되고 있
다.

춤추는 곳에도 더 많이 가고,
회전목마도 자주 타리라.
그리고 데이지 꽃도 더 많이 꺾으리라.

—『인생을 다시 산다면』

제 5 장

정말로 알기를 원해야 했던 일들

나는 25년 전 누군가 내게
시간의 지수함수에 대해
말해 주었기를 바란다.
40살이 넘으면 세월이 두 배 정도
빨리 가고, 50살을 넘으면
세월이 10배나
빨리 간다는 것을….

— 해롤드 에반스
『랜덤 하우스』발행인

　나는 25년 전 누군가 내게 시간의 지수함수에 대해 말해 주었기를 바란다. 40살이 넘으면 세월이 두 배 정도 빨리 가고, 50살을 넘으면 세월이 10배나 빨리 간다는 것을….

— 해롤드 에반스
『랜덤 하우스』발행인

늙은이를 견딜 수 없게 하는 것은 정신과 육체가 쇠퇴해 가기 때문이 아니라 추억이라는 무거운 짐 때문이다.
— 서머셋 몸

죽을 때 당신은 저축해 놓은 돈을 가져갈 수 없다. 그러나 다른 사람에게 나누어 줄 때는 가져갈 수가 있다.

음식을 쌓아만 놓을 때, 당신은 그것을 가져갈 수 없지만 다른 사람들과 같이 나누어 먹을 때는 그렇지 않다.

다른 사람을 위해 당신의 것을 나누어 주는 것은 곧 당신 자신이 가져가는 것이다. 왜냐하면 상대방은 당신을 언제까지나 기억하게 되기 때문이다.

— 챨스 L. 휴저 목사
『Pilgrimage in Faith』의 저자

부는 거름과 같아서 쌓아 두면 썩은 냄새를 풍기지만 뿌려주면 많은 것들을 자라나게 한다.
— 케네스 망곤

105

1954년, 당시 한창 젊었던 나는 '성공의 공식'을 깨달았는데 지금까지도 그것은 변함 없이 생생하게 내 마음에 남아 있다.

"항상 110%의 노력을 하라."
"기술을 발달시켜라."
"학생 같은 배움의 자세를 지녀라."
"회사에 성실하라."
"흔들리지 않고 일을 수행할 가치를 지녀라."

그러나 이러한 공식을 분명히 알고 있었음에도 불구하고 나는 40여 년 전, 성공에의 경주를 시작할 때 초점을 제대로 맞추지 못했다. 왜냐하면 나는 자신의 가능성을 충족시킨 사람과 그렇지 못한 사람들 사이에 있는 미미한 차이점을 만드는 '개인적인 특성'을 파악하지 못했기 때문이었다. 그것들은 다음과 같다.

① 판단을 하는 데 있어 올바른 결정을 하는 것도 중요하지만, 시기적인 면도 맞아야 한다.
② 감성면에 있어서도 나는 모든 사람들이 다 나와 같은 방식으로 일을 하는 것이 아님을 깨달았는데, 그들의 방식이 오히려 더 효과적이고 다른 사람의 요구도 진실로 고려하고 있음을 알았다.
③ 만일 혼자 있게 되거나, 사람들로부터 무시당하길 원한다면 애써 웃지 않아도 되는 것이다.
④ 문제나 장애가 없으리라고 보장되는 일은 없다. 다

만 끈질기게 노력하는 사람만이 바라는 바를 얻는 것이다.

윈스턴 처칠은 그로톤 고등학교를 졸업한 지 55주년을 맞는 졸업식 연설에서 다음의 세 마디를 말했다.

"지속하라! 지속하라! 지속하라!"

— 펜 튜더
애드윅 중역회 회장

한 마리의 개미가 한 알의 보리를 물고 담벼락을 오르다가 예순아홉 번을 떨어지더니, 일흔 번째에 목적을 달성하는 것을 보고 용기를 회복하여, 마침내 적과 싸워 이긴 영웅의 이야기가 있는데, 이것은 천고에 걸쳐서 변치 않는 성공의 열쇠이다.

— 스코트

1940년대는 미국 전역이 공황에 휩싸이던 때였는데, 실제로 내게도 그때만큼 힘든 적이 없었다. 당시 돈 때문에, 직장에서 해고당할까봐, 어떻게든 성공하고 싶어 전전긍긍하던 내게는 설상가상 돌봐야 할 허약한 여동생이 있었다. 만일 그때 누군가가 내게 "키도, 만일 네가 매우 열심히 일한다면, 설사 해고를 당하더라도 앞으로 계속 나아가면서 일을 한다면, 곧 괜찮아질 것이다."라고 말해 주었다면, 덜 힘들었을 수도 있다는 생각이 든다(나는 그런 일들을 거의 본능적으로 해왔다).

당신이 너무 높게 목표를 두지 않는다면, 그리고 당신이 처리해야 할 일을 지루해 하지 않는다면 당신에게는 그리 오래지 않아 다음 단계로 전진할 수 있는 기회가 열릴 것이다.

또한 전문적으로 되기 위한 버릇을 가져라. 비록 주소록을 채우고 정리하는 일일지라도, 당신이 이전에 일했던 사람보다 잘 해야 한다는 생각을 갖고 있다면, 이미 당신은 성공의 반을 거둔 것이다. 자기 훈련이야말로 당신을 어디로든지 가게 할 것이다.

— 헬렌 거리 브라운
「코스모폴리탄」 발행인

친구들과 계속적으로 연락을
취하라. 그들을 너무 멀리 보내
지 않도록 하라.

다른 사람이 언제 당신을
도울 수 있을지, 당신을 위해
같이 있어 줄지는 알 수 없
다. 지나온 날들을 돌아보
면, 왜 나는 20대부터 사람
들과 가깝게 연락을 취하
고 살지 않았던가 후회스
럽다. 친구들은 물론 심
지어 함께 일하던 사람
들과도 말이다.

간간이 친구들의 소식
을 들었지만 단지 그것뿐이었다. 게다가 너무 많
은 시간이 흘러가 버렸을 때, 어느 날 느닷없이 전화를
걸어 "안녕, 친구!"라고 말하기는 어려운 일이었다.

누군가는 이렇게 말했다.

"좋은 친구는 애완견 같아서 둘 다 돌봐 주고 규칙적
으로 운동을 시킬 필요가 있다."

— 데이브 킹
캘리포니아 블루 실드 아몬드 회사 마케팅 디렉터

우선 하고 싶은 일을 하라. 하고 싶은 일을 자꾸 나중으로 미루는 것은, 곧 당신 삶의 후퇴를 말한다.

부모님은 대공황을 겪으셨던 만큼, 매사에 이상의 추구보다는 안전을 강조하셨다. 또한 나에게 직업적으로 안정된 교사가 되라고 강요하셨다. 내가 사랑하는 일은 디자인과 원예였는데, 35살이 될 때까지 내게는 사랑하는 일을 할 만한 확신이 서질 않았다.

당신은 부디 그런 실수를 하지 말라. 큰 돈이나 명성이 따르지는 않더라도 당신이 사랑하는 일을 하라. 당신이 사랑하지 않는 일의 겉을 벗겨 보면, 당신은 곧 속이 비어 있음을 알게 될 것이고, 언제고 '내가 하고 싶은 일을 했더라면…' 하는 허기진 마음으로 살게 될 것이다.

마지막으로 자기 발견에 대한 당신의 믿음을 자녀들에게 그대로 전하라. 부모의 바람으로 자식들을 보지 말고 그들의 재능을 통해 그들을 보도록 하라.

— 재클린 이그논
랜드스케이프 아키텍트

사람들은 성공에 대비해서 훈련을 받을 때 실패를 위해서도 훈련을 받아야만 한다. 실패가 성공보다 훨씬 일반적이고, 가난이 부 보다 더 많이 퍼져있고, 그리고 실망은 성취보다 더 많이 있다.
— 윌라스 해밀톤

권력이란 항상 장막 뒤에서 힘을 발휘하곤 하는데, 어떤 사람은 그것을 사용한다. 심지어 어떤 사람은 남용하기도 한다. 그리고 대부분의 여성들은 그것에서 멀어지는 경향이 있다.

 박애정신이 있고 남자다움이 없는 권력이야말로 지도력의 예술이다.

— 진 크레이그
크레서/크레이그 광고회사 창시자

비폭력은 우리 시대의 모든 정치적으로, 도덕적으로 어려운 문제들의 해답입니다. 즉, 인간은 억압과 폭력을 극복해야 할 필요가 있습니다. 인간은 인간의 모든 갈등을 해결하기 위해 보복과 침략을 거부하는 방법을 발전시켜야 합니다. 이러한 방법의 기초는 사랑입니다.
— 마틴 루터 킹

미국의 거대한 회사들이 직원들에게 모험을 거부하는 조심성을 가르치고 있는 반면에, 몇몇 대담한 기업들은 가슴이 멎을 만큼 상당한 모험을 하고 있고 또 직원들에게 그것을 용납하고 있다. 나는 25년 전 누군가가 내게 그런 양극성 사이에서 진정 내가 어떻게 해야 했었는지 말해 주었기를 바란다.

직장생활을 돌아볼 때, 오히려 실수를 했던 것은 후회가 되지 않지만, 든든한 재정적인 배경이 갖춰졌을 때 사업을 빠르게 성장시킬 수 있는 기회를 놓쳤던 것은 후회가 된다. 성공할 가능성이 있는 좋은 아이디어가 있었음에도 불구하고, 개인적인 명성과 부를 거는 모험을 아예 시도조차 하지 않았던 일들이 후회스럽다.

— 리차드 H. 버크
버크 스 & 컴퍼니 회장

법대를 나왔을 때, 진작에 누군가가 내게 이렇게 말해 주었다면 좋았을 것이다.

"모든 것은 다 갖추어져 있다. 정작 네게 필요한 것은 일을 실습할 사람을 찾는 것이다."

— 모크 쟌크로우
쟌크로우 네스비 연합회사 회장

응급실의 간호사들이 곧잘 하는 말이 있다.

"일을 지켜보고, 하고, 가르쳐라!"

이 말은 그들의 직업상 일이 빨리 진행되어야 함을 전제하고 있긴 하지만, 일단 빨리 배워야 하고, 다음에 배운 것을 실제의 삶에 빨리 적용해야 하고, 그리고 누군가에게 빨리 그것을 전해야 한다는 것을 의미한다. 단, 이때 배우는 일은 단지 전체의 3분의 1에 해당된다. 가장 중요한 것은 배운 것을 실행하는 것이다.

무슨 일이든 마찬가지일 것이다. 타이어를 갈아끼우는 법, 운전하는 법, 계약서를 쓰는 법, 사업을 하는 법 등은 책을 읽는 것만으로는 알 수 없다. 그 기술을 완전하게 하기 위해서는, 당신이 직접 그것을 해봐야 하는 것이다.

파산한 회사나 재정적으로 심각한 회사들을 변화시키는 것이 나의 직업이다.

회사의 업종은 상관이 없다. 다만 일을 해오면서 나는 매번 같은 다섯 단계가 적용되고 있음을 발견했는데, 이것을 알기까지 너무 많은 시간이 걸렸다. 만일 25년 전에 누군가가 내게 말해 주었다면….

1단계: 현금을 쥐고 있어라.

자산을 팔아라. 지불을 중지하라. 유동적인 자산을 잡아 두기 위해서라면 필요한 일은 무엇이든지 하라. 그리고 일이 잘 실행될 때까지 위임하지 말고 직접 하라.

2단계: 비용을 동결하라.

나가는 비용을 묶어 두어라. 할 수 있는 한 집행부의 월급을 비롯한 모든 것을 삭감하라. 그들도 위기의식을 느끼고 해결점을 찾는 데 일조를 하게끔 하라.

3단계: 모든 사람을 만나보고 얘기를 나눠 보아라. 무엇이 잘못되었으며 어떻게 해야 하는가에 대한 모든 정보는 이미 회사 내부에 있다.

4단계: 회사의 재기를 위해 당장에 전략을 세워라. 완벽한 전략을 세우느라 6개월을 보내는 것보다는, 완벽하지 않은 전략이더라도 지금 세우는 것이 낫다. 6개월 뒤는 너무 늦다.

5단계: 최소한의 인원으로 전략을 수행하게끔 '이상적인' 조직을 구성하라. 회사에 현재 어떤 사람들이 있는가는 일단 무시하라. 먼저 이상적인 조직표를 만든 후에, 각각의 조직에 맞는 사람을 찾아 자리에 앉혀라.

대부분의 경영자들은 현재의 중역들을 받아들인 상태에서 그들에게 자리를 주려고 한다. 그것은 불행한 일이다. 먼저 조직을 설계하라. 만일 사람이 맞지 않는다면, 과감히 사람을 바꾸어라. 냉정하게 들리겠지만 해야 할 때는 해야 하는 것이다.

— 알프레드 J. 모간, Jr.
제랑 컴퍼니의 최고 경영자

가시에 찔리지 않고서는
장미꽃을 모을 수 없다.
- 필페이

115

제 **6** 장

알고 있으면 감사하게 생각될 일들

진흙투성이의 장화를 신어라.

— 캔사스 농업 광고회사의
새로운 사업철학

다른 친구들이 대학교를 졸업하면서 직장을 구할 수 있을까, 성공할 수 있을까, 그리고 만족스런 경력을 가질 수 있을까 염려할 때, 사실 나는 이런 일들의 어떤 것도 심각하게 생각하지 않았다. 특히나 여성들은 정상에 쉽게 오르지 못한다는 것을 진작에 알았기 때문에, 결과적으로 나는 미래를 생각하며 어떤 스트레스도 받지 않았고, 다만 어떠한 순리처럼 한 계단 한 계단씩 앞으로 나아가기로 했다.

나는 내가 사랑하는 어떤 일을 할 수 있기를, 아버지가 그랬던 것처럼 아침에 일어나면 직장—아이들과 함께 지낼 수 있는 시간을 가지게 해줄—에 갈 수 있는 날을 즐거운 마음으로 기다렸다.

요즘의 젊은 사람들은 자기 자신에 대해 너무 많은 스트레스와 압박을 주고 있다. 그러다 보니 최선을 다해 열심히 일하고, 일이 끝난 후에는 한 발 물러서서 스스로의 삶을 즐길 수 있다면 성공에 대해 굳이 어떤 확고한 윤곽을 가질 필요가 없다는 것을 잊고 있다.

— 엘렌 레바인
「Good Housekeeping」 편집인

소리내어 웃고, 즐거운 마음으로 회사를 다녀라.

자신의 삶을 창조하라. 다른 사람이 당신을 위한답시고 당신의 삶에 대해 정의를 내리게 하지 말라. 당신이 무엇을 하든지, 당신 자신의 이유로써 하라. 왜냐하면 그것은 당신의 계획에 도움이 되고 당신 자신을 즐겁게 하기 때문이다. 당신을 질질 끌고 가는 사람이나 일에서 떠나라.

당신 자신이 당신 삶의 운전자임을 기억하라. 운전자의 자리에 앉아서 멈출 수도 있고, 뒤로 갈 수도 있고, 속력을 낼 수도 있게, 돌아갈 수도 있게 하라. 생각의 독립성을 지켜라. 당신의 상상과 꿈을 즐겨라. 당신 자신을 용서하라. 사람들, 특히 당신이 사랑하는 사람들을 위해 시간을 할애하라. 즐겁게 배우고 변화를 받아들여라.

삶은 경이로운 선물이다. 그러니 당신 자신이 삶이란 길 위를 달려가는 것을 즐기도록 하라.

— 스티브 로빈즈
로빈즈 브라더즈 약혼반지 전문점 회장

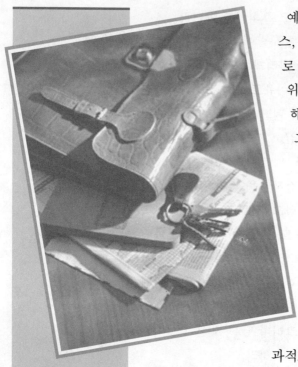

예기치 않았던 행운, 즉 보너스, 커미션, 부동산의 매각 등으로 돈이 생기면 적어도 75%는 위험이 없거나 적은 곳에 투자해 놓고 이자만 쓰도록 하라. 그런 다음 현금의 흐름을 면밀하게 관찰하고 이해하도록 하라.

나는 스스로 굉장히 규모가 크고 균형이 잡힌 진짜 부동산을 가지고 있다고 생각했는데, 경기 후퇴로 인해 40% 정도의 가치가 줄어들었으며 결과적으로 내 재산의 순수가도 줄어들었다.

현금으로 될 때까지는 재산을 평가하지 말라. 오로지 현실적으로만 다루어라.

— 빌 레나쯔
스치테크 전기 회사 회장이며 최고 경영자

　고객이 전화를 걸어와 당신을 방해했다는 생각이 들었다면, 당장에 그런 사고 방식을 고쳐야만 한다.

— 돈 케오우
코카콜라 회사의 은퇴한 회장

당신 자신의 필요보다는 고객의 필요에 대해 먼저 생각한다면 사업은 제대로 풀릴 것이다. 당신의 고객들이 어떻게 돈을 버는지, 그들을 어떻게 도와야 하는지를 이해한다면 당신의 수입은 괜찮아질 것이다. 고객은 당신의 시간을 방해하는 존재가 아닌, 성공을 위한 동기인 것이다.

구도자가 산꼭대기에 올라가 현자에게 물었다.
"지혜는 어디서 오는 것입니까?"
"좋은 판단에서 온다."
"그럼 좋은 판단은 어디서 옵니까?"
"경험이지."
"경험은 어디서 옵니까?"
"나쁜 판단이란다."

— 고대 수피의 이야기
피에즈 모넬 박사, 심리학자, 작가

피에즈는 자신이 하고 싶은 말 외에 노트 양쪽에 작은 활자로 다음의 말을 써넣었다.
"나처럼 당신에게 어디서 지혜가 오는지 충고해 주는 60살 된 사람을 조심하라. 당신은 당신 자신의 경험에 있어서는 전문가다. 그러나 당신 자신을 믿어라."

나는 25년 전에 누군가가 내게 결혼이란 50대 50의 사업이 아니라는 것을 말해 주었기를 바란다.

34년째 나는 매우 행복한 결혼생활을 해오고 있지만, 어떤 일에서건 나와 내 남편이 공평하게 대처한 때를 기억하기란 어렵다. 그것은 서로의 요구가 다르기 때문이다.

아마 결혼 초기에는 어느 쪽이든 90%에서 100% 정도까지 상대방에게 모든 걸 주고 있는 자신을 발견하기도 하겠지만, 언젠가는 주는 것보다 더 많은 것을 받기를 바라는 자신을 필연적으로 깨닫게 될 것이다. 그때 당신에게 무언가를 주기 위해 배우자가 옆에 있다. 결혼이란 바로 그런 것이다.

결혼이 사랑과 나눔과 팀웍인 만큼 사랑을 아낌없이 주어라. 더 이상 "나를 위해서 있는 것이 무엇인가" 염려하지 말고, 서로에게 빚을 지고 있다는 생각도 하지 말라.

— 데비 콘론
인티리어 디자인 창립자

사랑은 삶의 본질이다. 우리가 살아가는 목적이 있다면, 그것은 사랑을 찾고 만들어내는 것이다. 우리는 사랑의 창조물로, 사랑을 주고받을 때 더 큰 즐거움과 만족과 충만함을 발견하게 된다. 그런데 왜 그렇게 진정한 사랑을 찾기 어려운 것일까?

누군가 나에게 진작에 얘기해 주었으면 했던 일들에 대해 생각하면서 나는, 1987년 마텔을 인수한 뒤 우리를 이끌어 왔던 몇 가지 원칙들에 대해 생각해 보았다.

1. 무엇보다 수익성!

수익성은 우리가 가장 중요하게 여기고 있는 것이다. 우리 모두가 '오래 그리고 열심히' 일하는 주요 원인은 주식의 가치를 높이려는 것이다. 많은 사람들이 청구액을 지불하려고 또는 먹고 살기 위해 또는 어떤 이유에서 일을 한다고 말하는데, 우리가 일하는 주요 이유는 우리가 소유한 주식의 수익성을 높이기 위해서이다.

2. 사람이 사업의 차이점을 만든다.

만일 당신에게 당신을 위해 일하는 뛰어난 사람이 있다면, 당신의 일은 굉장히 쉽게 될 수 있다. 지성을 갖추고, 헌신적이고 창조적인 사람들을 고용해서 그들로 하여금 당신의 일을 하게 한다면 사업은 한결 나아질 것이다.

3. 지역사회의 프로젝트에 참가하라.

회사 밖의 행사에 접촉하는 것보다 더 득이 되는 일은 없다. 그러나 안타깝게도 사업을 시작하려는 대부분의 젊은이들이 이 필요조건을 이해하지 못하고 있다.

4. 즐겁게 일하라.

그래야만 아침 일찍 나와서 저녁 늦게까지 일할 수 있

다. 그리고 직원들이 즐겁게 일하는 것은 어떤 회사든지 지속적인 성장을 위한 가장 중요한 원칙이다.

— 존 아머만
마텔 장난감 회사 회장이며 최고 경영자

존이 사람들을 희생시키면서까지 이익을 강조하고 수익성에 초점을 두는 것이 잘못 이해되거나 무감각하게 보일지도 모르겠다. 그러나 진실은 그 반대이다. 사실 수익성은 모든 것을 가능하게 만들기 때문에 리스트의 첫 번째에 올라야 한다. 1987년 존 아머만이 거의 파산지경에 가까운 회사를 인수해서 그 회사를 성공적으로 이끈 이야기는 미국 비즈니스계에서 유명하다. 그가 마텔을 인수한 지 몇 년 지나지 않아 마텔의 주식은 세 배로 뛰었고, 1995년에 그 회사는 세계에서 가장 크고 가장 이익을 많이 남기는 장난감 회사가 되었다. 수익성에 초점을 둠으로써, 존은 그의 다른 목적인 좋은 직원을 고용하는 일, 지역사회 프로젝트에 참가하는 것, 그리고 즐겁게 일을 할 수 있는 것도 성취할 수 있었던 것이다.

인간 관계의 중요한 말들과 그렇지 않은 말.

1. 다섯 단어로 된 가장 중요한 말은?
"I am proud of you." (저는 당신이 자랑스럽습니다.)

2. 네 단어로 된 가장 중요한 말은?
"What is your opinion?" (당신의 의견은 무엇입니까?)

3. 세 단어로 된 가장 중요한 말은?
"If you please." (만일 당신이 해주신다면….)

4. 두 단어로 된 가장 중요한 말은?
"Thank you." (감사합니다.)

5. 한 단어로 된 가장 덜 중요한 말은?
"I" (나)

— 로버트 W. 우드러프
코카콜라 회사 회장

당신 내부에서 들리는 조용하고 작은 목소리에 귀를 기울여라.

사람마다 원하는 것이 따로 있다. 사람은 저마다 존재의 저 깊은 속을 울리는 목표를 가지고 있다. 우리의 삶은 자신이 원하는 것에 답하지 못하는 한 절대로 완전할 수 없다. 그럼에도 불구하고 우리는 그 '조용하고 작은 목소리'가 속삭이는 꿈을 억제해 버린다. 우리의 비전은 점점 사라지기 시작해 실제적인 것에 잠겨 버리고, 꿈과 야망도 확실치 않아 보이고, 자신을 어리석게 느낀다. 다른 사람들이 찾는 평안, 안전, 돈, 권력, 즐거움 같은 것을 추구하면서, 적당히 순응하며 산다. 어느새 세월은 피부에 주름을 남기고, 사라진 열정은 영혼에 주름을 남긴다.

자신이 원하는 길을 가든, 그렇지 않든 간에 다른 사람이 당신 자신의 길을 가르쳐 주는 것은 불가능하다. 당신 자신만이 그 길을 알 수 있고 선택할 수 있다. 성공

과 행복은 아주 멀리 있어서
잡거나 지키기 어려운 목표
가 아니다. 그것들은 당신 스
스로를 만족시키는 동안에 우
연적으로 성취하게 되는 것들
이다.

— 마이클 린버그
『The Gift of Giving』의 저자

회의가 끝나는 시간을 모르는 채로 절대로 회의에 참석하지 말라. 우리가 회의를 한답시고 보내 버리는 그 많고 많은 시간들 중, 실제로 생산적인 시간은 얼마 되지 않는다. 결국 회의 때문에 애매한 세월만 흘려 보내는 셈이다.

　　이 소비적이고 일상적인 일에 단련되는 효과적인 방법은 당신이 주체가 되든 참석자가 되든, 회의의 시작시간과 마감시간을 정해놓는 것이다. 이로써 동료들은 당신이 시간을 소중히 여긴다는 메시지를 전해 받을 것이다.

　　두 가지 사실을 염두에 두어라.

　　첫째, 당신이 참석하는 회의의 규모가 크든지 작든지 항상 의사 일정을 정해 놓도록 하고 그것에 가차없이 따르라.

　　둘째는 (이것은 내가 개인적으로 좋아하는 것인데) 20분 이상 계속되는 회의는 우선 할 값어치가 없다.

— 피터 브라운
아니타 산티아고 광고회사 크리에이티브 디렉터

회의를 운영하는 원칙으로는 1) 적절한 사전 정보, 2) 분명한 목표, 3) 토론할 내용, 4) 간결함, 5) 작은 규모, 6) 실천을 위한 결정 등이 있다.

방안에 있는 코끼리를 조심하라.

— 짐 할로우즈
할로우즈 프로덕션 회장

돌 데인 번바흐에서 근무하던 80년대 후반, 짐과 다른 몇 사람이 제작한 뛰어난 TV 광고가 있었는데, 그것은 알코올에 대한 경각심을 일깨워주고 있다.

광고를 보면 집에 한 마리의 코끼리가 있는데도 가족들 모두 그 코끼리에 대해 신경을 쓰지 않는다. 아이들은 코끼리의 코 주위에서 놀고 엄마는 다리 주위를 청소한다. 이 광고의 궁극적인 메시지는 알코올도 방에 있는 코끼리 같아서, 모든 사람이 그것이 거기 있는 줄은 알지만 모두들 그것이 존재하지 않는 것처럼 행동한다는 것이다.

나는 이 광고를 회의에 적용해 보았다. 회의를 하는 동안 '방 안에 있는 코끼리'를 찾아내는 것이다. 매우 현실적인 문제가 있음에도 사람들은 그것이 존재하지 않는 것처럼 치부함으로써 문제의 소재와 이름을 불식시키기 십상이다. 그래서 나는 간혹 이러한 간단한 질문으로 회의를 시작한다.

"지금 우리 방에 코끼리는 없습니까?"

때때로 나는 무엇이 그날 회의의 코끼리인지를 사람들에게 미리 말해 버리는 경우도 있는데, 이는 비밀스런 의사 일정을 명백히 하고 가능한 한 그것들을 중립화하기 위해서다. "그 문제가 나중에 방 안의 코끼리가 되지 않기를 원합니다."라는 식으로 문제를 공적으로 알게 하면 그 해결점에 도달하는 데 큰 효과가 있는 것이다.

당신이 누구이든, 어디에 있든, 몇 살이든 아침에 일어나 침대에서 나오는 것 자체로도 당신은 성공했다 볼 수 있다.

　왜냐하면 당신이 믿고 있고, 당신이 잘 하는, 당신보다는 큰, 어제에 이어 당신이 오늘 다시 하고 싶어 더 이상 기다릴 수 없는 무엇인가가 침대 밖에 있기 때문이다.

— 위트 홉스
칼럼니스트

무엇이 어찌 되었거나 인생은 좋은 것이다.
— 괴테

131

사람들에게 말하지 말라. 대신에 그들이 무엇을 생각하고 있는가를 물어보고 그들의 대답에 귀를 기울여라. 당신이 열심히 들어주게 되면 사람들은 자신의 얘기가 가치있는 것으로 믿게 되는데, 그것이야말로 건설적이고 발전적인 의사소통의 결과라고 할 수 있다.

마찬가지로 젊은 시절, 여러 훌륭한 사람들이 그런 식으로 내게 도움을 주었다. 내 말을 들어줌으로써 나를 그들 틈에 끼워 주었고, 가치있게 봐주었고, 그리고 도와주었다. 그들의 무언의 가르침을 통해 나는 성장했고, 그 무언의 깨달음을 이제 내가 실천하고 있는 것이다.

벤자민 프랭클린은 다음과 같이 말했다.

"만일 당신이 독단적인 태도로 내 생각과 전적으로 다른 의견을 말하고 전혀 협상의 여지가 없다면, 나는 내 자존심을 보호하기 위해서도 당신이 옳지 않다고 결론을 내려버릴 것이고, 또 그것을 즉시 증명하려고 할 것이다. 그와 반대로, 만일 당신이 당신의 의견을 기꺼이 논의하려는 태도를 가지고 한 발 양보하는 식으로 말한다면, 나는 당신이 옳다는 것을 증명하려고 할 것이다."

— 제임스 M. 에들러
제너럴 일렉트릭 회사 항공엔진과 매니저

축하는 공공연히 하고, 울 때는 혼자 울어라.

다른 사람에게 약한 모습을 보이지 않는 것이 좋다. 당신 마음속에 있는 근심, 의심, 불안감, 상처 등을 다른 사람에게 보이지 말라. 그들은 정말로 그런 이야기를 듣고 싶어하지 않는다.

사람들은 당신의 상처를 한 시간이 넘도록 걱정해 주는 법이 없으면서도, 당신이 아파하고 힘들어 했던 순간들을 절대로 잊지 않는다. 시간이 흘러 당신의 상처가 아문 후에도 사람들은 당신이 '약한 모습'을 보였던 때를 기억함으로써 당신의 힘을 빼놓는다.

특히 절친하지 않거나 언론에 종사하는 사람과의 사이에 '절대적인 신용'이라는 것은 있을 수 없다. 실제로 '특정 사실과 관계없음'이라는 구절을 달고 방영되는 기사는 대개 누군가 제보한 기사를 이름만 빼고 고스란히 사용했다는 것을 의미한다.

또한, "다른 사람에게는 얘기 안 했지만 당신은 알고 있어야만 한다고 생각해요."라고 하면서 접근하는 사람을 조심하라. 만일 그 사람이 다른 누군가의 비밀을 당신에게 얘기한다면, 그는 당신에게서 들은 것도 다른 사람에게 똑같이 말한다는 사실을 기억하라.

— 크레이그 캠벨
에반스 그룹/로스앤젤레스 최고 경영자

남자와 여자는 다르다. 당신이 배우자를 사랑한다 해
도, 모든 남자에게는 적어도 한 명의 진정한 남자친구가
필요하다.

— 로스 헌트리
덴티스트 철학자

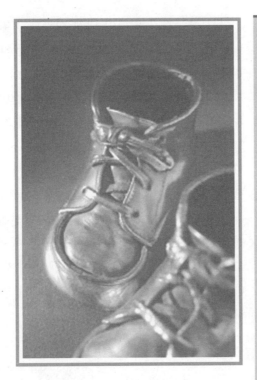

진흙투성이의 장화를 신어라.

　　　　— 캔사스 농업 광고회사의 새로운 사업철학

나는 많은 우량기업들에게 새로운 사업 발표를 해왔다. 그리고 대규모 광고 에이전시들의 성공적인 사업 발표도 자주 보아 왔다. 그 중 켄사스에 있는 한 작은 에이전시의 사업 발표는 잊을 수 없다.

회의가 시작되자 그 에이전시의 회장은 테이블 아래로 손을 뻗더니 한 켤레의 진흙이 묻은 장화를 꺼내 테이블 중앙에 놓으며 말했다.

"자, 여러분! 이것이 우리의 새로운 사업 철학입니다. 만일 여러분들이 우리를 고용한다면, 우리는 이 진흙 장화를 신을 것입니다. 우리는 여러분들과 들로 나가서 여러분들만큼 여러분들이 하고 있는 일에 깊숙히 관여할 것입니다. 그리고 여러분들을 위한 광고를 창조하려고 노력하기 전에, 여러분들의 문제부터 철두철미하게 이해할 것입니다.

나는 누군가가 일찍이 내게 성공하기 위한 열쇠의 하나는 규칙을 그대로 따르기보다는 가끔씩 규칙을 깨뜨리는 것이라고 말해 주었기를 바란다.

20대에 나는 때때로 규칙을 어겼고, 번번이 그 대가를 치러야만 했다. 나의 이탈은 그리 오래가지 않았는데, 그것은 차츰 규칙을 어기고 있는 내 자신이 두려워졌기 때문이다. 결국 나는 매사에 예의바르게 행동하기 시작했다.

그렇지만 현재 나는 아이디어를 혁신하기에 그리고 창조적인 프로젝트를 위한 가장 좋은 방법은 용감해지고, 대담해지고, 상상력이 풍부해지는 것임을 알고 있다. 그리고 더불어 다른 사람들이 내게 '지시한' 것을 하지 않는 것임을 알았다.

— 케이트 화이트
『Why good girls don't get ahead…
but gutsy girls do』의 저자이며 「레드북」 잡지의 편집인

준비하기에 실패하는 것이 실패를 준비하는 것이다.
— 벤자민 프랭클린

136

제 7 장

어렵게 배운 일들

당신이 싫어하는 것,
아니라고 생각하는 것들을
솔직하게 드러내라.
이로써 당신의 삶에서 많은 시간을
절약할 수 있다.

— 린다 로
지오르지오 비벌리 힐즈 회장

IF I KNEW

THEN WHAT I

KNOW NOW

당신 자신이 너무 어렵고 힘든 상황에 처해 있다는 사실을 알게 되었을 때, 그때가 현재 손해보고 있거나 손해볼 우려가 있는 거래를 중지하는 절호의 기회이다.

— 짐 린제이
펩시 콜라 전 회장

이 충고를 들었을 때 나는 짐과 다른 몇몇 사람들과 공동 투자를 하고 있었다. 후에 우리는 정말로 '힘든' 상황에 처하게 되었는데, 결국 짐의 충고에 따라 손해보는 거래를 중지했다. 기왕에 손해본 비용을 나는 수업료를 지불한 것으로 여겼는데, 내가 쓴 돈 중에서 가장 유용하게 쓴 부분이었다.

당신이 싫어하는 것, 아니라고 생각하는 것들을 솔직하게 드러내라. 이로써 당신의 삶에서 많은 시간을 절약할 수 있다.

— 린다 로
지오르지오 비벌리 힐즈 회장

"싫습니다" "아닙니다"라는 말을 자주 연습해 보라.

우리들은 정중한 사람이 되기 위해 "네, 그렇습니다."라고 말하도록 교육을 받아왔기 때문에, 처음에는 이러한 말들이 다소 이상하고 어색할 것이다. 그러나 당신의 생각을 솔직하고 직선적으로 말하는 것이 결국 모든 사람의 시간을 절약하는 길이다. 또한 그것은 당신 자신을 위한 선물이 될 것이다. 대부분의 사람들은 당신의 결정을 존중할 것이고 그것에 대해 압력을 가하지 않을 것이다.

지킬 수 없는 약속을 해놓고 약속한 시간이 다가옴에 따라 점점 더 난감하고 비참해지는 기분을 우리 모두 경험한 적이 있을 것이다.

140

당신의 시간 중 30%는 무자비하게 실패하는 데 쓰인다는 것을 알아야 한다.

— 빌 루피엔
미첨, 존스 & 템플톤 회사 최고 경영자

위험을 무릅쓰고 용기는 성공하길 원하는 사람에게 꼭 필요한 사실이다. 만일 당신이 앞으로 뻗을 생각조차 하지 않는다면, 당신은 성공할 수 없다. 그리고 당신이 뻗어가려면, 해고당하거나 철두철미하게 실패하는 일들에 따르는 위험을 각오해야 한다.

나는 (United Technologies Corporation)이 『월스트리트 저널』에 몇 년 전에 실었던 한 광고를 좋아한다. 그 회사의 허락을 받아 다음 장에서 소개하고자 한다.

실패하는 것을 두려워 말라!

당신은 많은 실패를 거듭해 왔다. 일일이 다 기억하지는 못할 테지만, 당신은 분명 태어나서 처음 걸음마를 하는 동안 여러 번 넘어졌을 것이다.

수영을 배울 때 처음에는 거의 물에 빠질 뻔했지 않은가?

야구방망이를 처음으로 휘두를 때 한번에 공을 맞췄던가?

대부분 홈런을 치는 사람들은 아웃볼도 많이 친다.

R. H. 메이시는 뉴욕에서 그의 상점이 성공할 때까지 7번이나 실패했다.

영국의 소설가 존 크리시는 564권의 책을 발행할 때까지 753번이나 출판사로부터 거절을 당해야 했다.

베이브 루스는 1,330번의 스트럭 아웃을 쳤지만, 714개의 홈런도 쳤다.

실패에 대해 걱정하지 말라!

오히려 당신이 시도조차 하지 않는 바람에 놓쳐 버린 기회들에 대해 염려하라.

— 유나이티드 테크놀로지 코퍼레이션, 1981

나는 진작에 누군가가 내게 OPM
(other people' s money)에 대해
말해 주었기를 바란다.
사업적인 용어로 말하자면
이는 '주식 발행에 의한 자본 조달' 을 의미한다. 즉
내게는 사업을 성장시키기 위해서 자본을 일으키는 방
법에 대한 명백한 이해가 필요했던 것이다.

— 에드 쟈스티스
쟈스티스 브라더즈 회사 회장

재산을 많이 가진 자가
자기 재산을 자랑하더라
도, 그가 그 재산을 어떻
게 쓰는지를 알 수 있을
때까지 그를 칭찬해서는
안 된다.

- 소크라테스

사고를 당하기 전까지 나는 죽음이라는 것을 한 번도 상상해 보지 않았다. 아니, 나는 나 자신이 불사조인 줄 알았다. 그제껏 가까운 사람들의 죽음을 경험하지 못한 탓도 있었겠지만, 무엇보다 내게는 죽음에 대한 개념도, 그에 못지않게 삶에 대한 개념조차 없었던 것이다.

그러나 끔찍한 사고를 당한 후로 나는 모든 면에서 달라졌다. 바로 나는 삶과 살아가는 방법에 대한 새로운 관점을 갖게 되었던 것이다.

나는 죽음이 삶과 아주 많이 연결되어 있는 어떤 것이며, 삶의 변하지 않는 두 가지 진실은 태어나는 날이 있으면 언젠가는 죽는 날이 있다는 것임을 깨달았다. 그 사이에 무슨 일이 일어나는가는 각자 어떻게 살아가는가에 달려 있는 것이다.

죽음을 눈앞에 두고도 나를 계속 살게 한 유일한 힘은 가족에 대한 사랑이었다.

비행기 추락으로 엄마와 누이동생은 이미 사망했고, 나의 몸과 마음은 이미 지칠 대로 지쳐 있었다. 그대로 죽을 것만 같았다. 그러나 겨우 살아남은 내가 극한적인 상황—높디높은 안데스 산맥의 빙하—에서 27일을 버틸 수 있었던 것은, 아버지와 누나에게 돌아가야만 한다는 생각 때문이었다.

남은 가족들에 대한 그리움과 향수는 내게 살 수 있는 기회와 힘을 주었다.

사고 이후 나는 가족들에게 내가 할 수 있는 최선의 사랑을 주려고 노력하고 있다. 삶에서 사랑보다 중요한 것은 없다. 특히 인생의 황혼기에 접어들수록 우리의 삶

을 가치있게 만드는 것은, 분명 물질이 아니고 마음인
것이다.

― 페르난도 파라도
우루과이 몬테비데오 M.R.C. 회사 회장

페르난도 파라도의 용기
와 생존의 이야기는
[Alive]라는 책과 영화
로도 나와 있다.

145

그냥 네 모습 그대로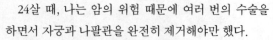

24살 때, 나는 암의 위험 때문에 여러 번의 수술을 하면서 자궁과 나팔관을 완전히 제거해야만 했다.

나는 완전히 절망 상태에 있었다. 나는 의사가 암을 발견해서 내가 살아난 것에는 감사하지 않고 아이를 가질 수 없다는 사실에 실의에 빠져 지냈다. 내 실망은 아주 오래 갔다.

그런데 나의 여동생이 임신을 했다는 소식을 전해 주었다.

나는 그녀가 곧 아이를 낳게 된다는 사실을 알고 고통을 참기가 어려웠다. 곧 집안은 아기옷과 아기 장남감들로 채워지게 되었고, 나는 매일 밤 내 방에서 혼자 지내면서 하나님께 내가 무엇을 잘못 했는가고 묻곤 했다. 물론 거기에 대한 대답은 없었다.

드디어 여자아이가 태어났고 아이는 너무 예뻤다. 그러나 나는 사람들이 주위에 있을 때는 아이를 한번도 안아 주지 않았다. 저녁 늦게 나는 아래층에 있는 아기한테 가서 그녀를 흔들어 주면서 조용히 노래를 불러주곤 했다.

아빠도 손녀를 사랑했다. 크고 단단한 잠수함 같은 아빠도 손녀를 대할 때면 버터같이 부드러워지곤 했다. 나는 결코 그런 기쁨을 아빠한테 줄 수 없다는 것이 더 마음 상하는 일이었다. 나는 절망 속에서 나날을 보냈다.

어느 날 저녁, 내가 침대에서 울고 있는데, 밖에서 무슨 소리가 나는 것을 들을 수 있었다. 나는 누가 거기 있는가를 보려고 내 방 어둠 속에 가만히 앉아 있었다. 문이 삐꺽 열리며 복도의 빛이 방으로 새어들어 올 때, 나는 거기에서 아빠의 모습을 보았다. 부드럽고 조용한 목소리로 아빠는 말했다. "나는 그냥 내가 얼마나 너를 사랑하는가를 말하고 싶었다. 나는 네 모습 그대로를 사랑한다."

아빠가 문을 닫고 나간 뒤, 나는 너무 많이 울었다. 그때까지 아빠는 내게 사랑한다는 말을 한 번도 한 적이 없었다.

오랜 시간 후, 아빠가 돌아가셨을 때, 나는 그 순간과 아빠가 내게 주었던 그 선물을 기억했다. 그것이야말로 아빠가 딸에게 줄 수 있는 가장 중요하고도 최고의 선물이었던 것이다.

― 수잔 링고 스펜스

25년 전 나는 누군가가 내게 아주 기본적인 두 가지 일을 말해 주었기를 바란다.

1. 자신의 마음을 방송망처럼 펴라.

설사 피곤하더라도 여러 가지 행사와 회의 그리고 파티에 참석하라. 당신은 그렇게 기대하지 않겠지만, 사람들을 만나는 것은 당신의 경력 전체에 영향을 줄 수 있다(어쩌면 낭만적인 사랑에도…).

2. 매달 신용 카드의 사용료를 지불하도록 하라.

어떠한 경우이든 지불을 연체시키지 말도록 하라. 그것은 당신을 꽉 움켜잡고 해를 끼칠 것이다.

— 베스티 버트헤머 크리데어
디버시티 서치 파트너즈 회사 회장, 창시자

지금 나처럼 50대와 60대에 있는 사람들의 대부분은 어리석었다. 우리들은 고용주와의 계약이 평생 갈 것으로 믿었던 것이다.

　　우리가 대학을 졸업했을 때는 직장이 많았기 때문에, 월급뿐만이 아니고 회사가 직원들에게 주는 혜택이 무엇인가를 따져가면서 회사를 고를 수 있었다.

　　그러나 오늘날은 분명 그렇지 않다. 평생 직장이란 개념은 더 이상 통하지 않게 되었다.

　　그러니 젊은 사람들은 회사에 다니는 동안 앞날에 대비해 두어야 한다. 물론 젊은이들이 30년 앞을 미리 생각하는 것은 매우 힘들다. 그러나 만일 당신이 지금부터 저축을 하려고 노력한다면, 그것은 나중에 한몫 단단히 할 것이다. 전혀 생각지도 않았을 때 당신의 고용주에게 해고를 당하더라도, 당신에게는 퇴직 후의 생활을 할 수 있는 마음의 평화와 경제적인 여유가 있을 것이다.

— 익명

나는 25년 전에 누군가가 내게 손해는 처음이자 마지막인 한 번으로 그쳐야 한다는 것을 말해 주었기를 바란다. 달리 말하면 나쁜 결정을 쫓지 말고 그것을 고치려고 노력하며 그것을 저지해야 한다는 것이다.

정면으로 부딪쳐 문제를 고치거나 아니면 긴급 탈출을 하라.

〈크라이슬러〉에 있는 동안에 매니저는 나에게 나쁜 상황에서는 떠나든가 숨어 버리라고 말했다. 그러나 회사가 심각한 재정난에 허덕이고 있어서 차마 나는 그렇게 할 수가 없었는데, 중요한 것은 그게 아니었다. 만일 내가 실제로 가망이 없고 현실성이 없는 기획을 없애야 한다는 단호한 건의서를 가지고 상사들과 직접 부딪쳤다면, 웃사람으로부터 진정한 존경을 얻을 수 있었을 것이다. 게다가 대안을 제시할 수 있었다면 더할 나위 없이 좋았을 것이다.

— 조셉 크로닌
사치 & 사치 회장이며 최고 경영자

만일 옛날로 돌아갈 수 있다면, 나는 다소 일을 적게 하더라도 아이들과 많은 시간을 보낼 것이며 아내와 많은 이야기를 나눌 것이다.

아이들은 내가 지속적으로 살펴주지 않아도 잘 자라났고, 그리고 내게서 멀어져 갔다. 또한 나는 직장에서 내가 무엇을 하는가에 대해 한 번도 아내에게 말하지 않았는데, 아내와 아이들과 많은 것들을 함께하지 못했던 것이 후회된다.

그리고 2명에서 3명 정도의 절친한 친구들과 많은 시간을 함께 보낼 것이다. 진작에 나는 친구들과 · 아무리 멀리 떨어져 있다 해도 · 장례식장에서 만나는 것보다는, 자주 그들을 보러 가서 내가 어떻게 지내고 있는가를 말해 주어야만 했다.

아내와 친구들은 내 삶을 환하게 하는 존재요, 최고의 조언자이다. 당신에게도 마찬가지일 것이다. 일도 열심히 해야겠지만 그보다 당신의 가족을 사랑하고 친구도 많이 만들라. 또한 아이들이 성장해 가는 생동감 있는 삶에 늘 함께 하라. 당신은 한층 더 부유함을 느낄 것이다.

— 프레드 쿠스너
일리노이 컬리지 전 학장

사업이라는 것은 좋은 때가 있으면 수지가 안 맞는 때도 있다. 장사가 안되는 때를 위해 예산을 짜도록 하라.

1년이나 2년, 계속해서 흑자를 내는 대부분의 사업체들은 호경기가 영원히 계속될 것이라고 믿기 시작하고, 거기에 맞추어 돈을 쓰기 시작한다. 새로운 사무실을 빌리고, 멋진 가구들을 사들이고, 일이 최고로 많아졌을 때를 감당할 만한 많은 수의 직원을 채용한다. 그러나 정작 어려운 때가 되면, 그러한 것들은 그들에게 치명타가 된다.

— 마이크 맥코믹
라루, 코리간 & 맥코믹 법률회사의 파트너

행복할 때 불행을 생각하라. 행복할 때는 타인들의 호의를 쉽게 살 수 있고, 우정도 도처에 넘친다. 그러나 불행할 때는 그렇지 않다. 행복하다고 느끼는 지금, 불행할 때를 위해 친구를 만들고 사람들에게 은혜를 베풀어라. 당장에 높이 평가되지 않는 것이 언젠가는 귀하게 여겨지리라. 미련한 사람은 행복할 때 친구를 두지 않는다. 행복할 때 친구를 모르면, 불행할 때 친구가 그대를 알지 못할 것이다.
— B. 그라시안

사람들은 남 앞에 잘난 척 나서는 사람을 좋아하지 않는다.

20년 전 나는 직장에 첫발을 들여놓았다. 당시 동료들과 나는 칸막이한 방에서 근무를 했는데, 나는 몇몇 동료의 흉내를 내서 우리 방 식구들을 재미있게 만들곤 했다. 특별히 실물 이상으로 잘 묘사한 것도 아니었는데, 사람들은 좋아했고 그래서 나는 계속 흉내를 냈다.

몇 년 후, 나는 다른 회사에서 일을 하게 되었고, 거기서 새로운 고객을 만났다. 그런데 그는 내가 옛날부터 익히 알아온 사람이었다. 저녁을 먹는 동안, 그는 내게 이렇게 말했다.

"옛날 당신이 한 것처럼 다른 사람의 흉내나 내는, 그런 인상으로는 많은 친구들을 만들지 못할 거예요."

그때 나는 몇 가지 교훈을 얻었다.

첫째, 나는 내가 무엇을 했던가를 잊었다. 그러나 나로 인해 상처를 입은 사람은 그 사실을 절대로 잊지 않는다.

둘째, 어떤 사람을 희생시키면서까지 웃음을 얻는 일은 절대로 할 만한 가치가 없다.

다행히도 나는 운이 좋아서 새 고객과 별 문제 없이 일을 진행해 나갈 수가 있었다. 그러나 나는 다른 사람의 명예를 손상시키는 일이 얼마나 쉬웠던가를 아주 고통스럽게 알게 되었다. 그리고 그 후로 나는 다른 사람

을 우습게 여기는, 잘난 척하는 바보짓은 하지 않게 되었다.

— 브루스 밀러
쉬사 밀러(Suissa—Miller) 광고회사 회장

기회가 왔을 때, 당신 자신이 원하는 것을 말하라. 내일은 너무 늦을 수가 있다.

여지껏 살아오는 동안 가장 후회되는 것은, 말하지 않았기 때문에 놓친 기회와 일들이 너무 많다는 사실이다.

— 짐 켈러
아메리칸 에어라인 L.A. 국제공항 주조종사

짐 켈러는 아메리칸 에어라인의 L.A. 항공기지에서 일천 명 이상의 기장들을 관리하고 있다. 1991년, 그는 자신의 유일한 아들인 15살의 크리스가 심장마비로 죽는 슬픔을 겪었다.

짐은 속으로 말할 수 없는 비통함으로 괴로워했다. 그러나 그는 슬픔을 극복하고 크리스를 기리기 위해, 아내 샌디가 돕고 있는 '자비로운 친구들'의 모임을 통하여 자식을 먼저 잃고 뒤에 남은 수백 명의 부모들에게 도움을 주고 있다.

나의 희망사항을 머리 속에만 꽁꽁 묶어두는 짓을 그만두라고 진작에 누군가가 내게 말해 주었다면…. '결혼'이라고 표시된 바구니에 내 야망의 달걀을 모두 담지 말라고 말해 주었다면….

25년 전의 젊은 여성들은 한결같이 이런 말을 듣고 자랐다.

"여성에게 교육은 중요하다. 그러나 그 교육은 가족을 위하여, 가정에 문화적인 자극을 주는 데 사용돼야지, 그 외의 것은 기대하지 말라."

실제로 당시에는 여성의 목표가 전문 분야에서 성공하는 것으로 나타나는 경우는 극히 드물었는데, 오늘날에도 사정은 그리 달라 보이지 않는다. 많은 것이 변하고 있는 것 같아도, 어떤 것들은 그대로 존재하고 있는데, 나는 젊은 여성들이 명백한 꿈을 가졌으면 한다. 또한 타협은 하되 너무 쉽게 하지 말라. 사랑과 결혼도 자신의 올바른 생각대로 해나가라고 말하고 싶다. 내게 딸이 있다면, 나는 딸에게 순수한 마음으로 이렇게 말할 것이다.

"네가 사랑하는 일을 잘 해나가는 것이야말로 세계에서 가장 위대하다."

젊음이 다 지난 후에야 나는 내가 무엇을 성취해야만 했었나를 돌아보게 되었는데, 지금의 젊은 여성들은 나처럼 이렇게 오래 방황해서는 안 된다.

— 린 테븐
프리랜서, 작가

156

경기가 좋을 때, 사업이 번창할 때에 오히려 많은 실수가 생긴다.

사람들에게는 일이 만사형통으로 풀릴 때, 긴장이 풀어지는 경향이 있다. 자신들이 힘들 때에 어떻게 될 것인가에 대해서는 아무런 생각이 없이 투자결정을 내리고 사람들을 마구 채용한다. 나는 거대한 화공회사들이 사업이 번창하면서 무리하게 회사를 확장하고는, 그리 오래지 않아 심각하게 고통받는 것을 여러 번 보아 왔다.

— 래리 터커
KT—PC 회사 회장

불행한 때를 알라. 그런 때가 오면 되는 일은 아무것도 없다. 어떤 사람들을 보면 별로 수고하지 않고도 모든 일이 잘 되는 것같다. 이들은 모든 것을 미리미리 준비하고 있었기 때문이다.

일반적으로 현재 편안하게 느껴지는 사실도 나중에는 후회스럽기 십상이다.

우리 모두에게는 저마다 재능과 꿈이 있는데, 때때로 그 둘은 잘 맞지를 않는다. 게다가 더 자주, 우리가 알기도 전에 그 둘은 어느 사이에 현실과 타협한다.

나중에 우리가 원했던 만큼 성공을 했을 때, 우리는 자신에게 정말로 가치가 있었던 진정한 꿈과 진정한 재능을 쫓으려고 했던 시절을 간절히 돌아보고 있는 자신을 발견하곤 한다.

당신의 꿈이나 재능이 신중하지 않다는 생각으로 눌러 버리려고만 하지 말라. 사실 그 꿈과 재능은 당신의 삶에 기쁨과 만족감을 주고 싶었을 것이다.

자신이 하는 일을 사랑하는 사람들은 보통 그들이 사랑하는 일을 하고 있는 사람들이다.

— 피터 서척
McCann—Erickson/L. A, 행정책임자

피터 서척은 창조적이고 사업가의 수환이 있는 지도자이며 재능있는 시인이다. 매일 아침 피터는 5시에 일어나서 시를 쓰기 위해 서재로 간다. 7시 30분, 그는 사무실로 나와서 일을 한다. 그는 자신의 재능과 자신의 꿈, 둘 다를 확실하게 쫓고 있다.

158

제 8 장

결국은 당신이 명백하게 알아야 할 일들

하나님을 믿는다는 것을,
그리고 영적으로 성숙해 가는 것을
두려워하거나 부끄러워하지 말라.

— 빌 빈
Strategia 회장

빌 빈은 기업의 성취를 낙천적으로 이루는 문제에 대해 세계를 돌며 강의하고 있다. 또한 그는 "목적을 가지고 살자"라고 불리우는 프로그램을 통해 그의 독특한 전략계획을 개인의 삶에 적용하고 있다.

그의 프로그램은 빙빙도는 삶의 차원을 10개의 카테고리로 나타내고 있는데, 개인, 건강, 레크리에이션, 가족, 친구, 지역사회, 경력, 재정, 가정의 일, 그리고 영적인 일 등이 그것들이다. 흥미롭게도 빌은 이 카테고리들을 여러 조각을 낸 '생의 파이'에 각각 넣은 다음, 가운데 동그라미에 '영적'인 것을 놓음으로써 그 중요성을 나타내고 있다. 이 조각들은 우리가 사는 시대에 따라, 또 사람에 따라 각각의 크기들이 다를 것이다(물론 그것들은 그 나름대로 중요하다).

당신 자신의 것은 어떤지 규칙적으로 그 차원의 각각을 체크해 보라. 만일 어떤 한 조각이 너무 크고, 다른 것이 너무 작거나 아예 없다면, 아마도 당신은 삶의 균형을 위해 좀더 노력해야 할 것이다.

하나님을 믿는다는 것을, 그리고 영적으로 성숙해 가는 것을 두려워하거나 부끄러워하지 말라.

— 빌 빈
Strategia 회장

삶이란 기대를 가지고 앞으로 나아가야 하는 여정임이 분명하지만, 뒤를 돌아봐야 할 때도 있다. 내 삶을 돌아보았을 때, 나는 대부분의 일들이 사람들에게 우연히 다가오며, 단지 사람이 각각의 일에 차이점을 만들고 있다는 사실을 깨닫는다.

그리고 차이점을 만드는 사람의 능력에서 가장 중요하고 지속적인 양상은 두뇌나 동기에서 나오는 것이 아니고 인격에서 나온다는 점이다. 특히 그 인격의 중심에는 간과되거나 평가절하되고 있는 오래 된 가치가 있는데, 그것은 바로 믿음이다. 모든 인간의 거래에는 명백히, 아니면 은근히라도 신뢰를 그 바탕에 두고 있다.

사실 이러한 깨달음은 그다지 새로운 것은 아닐 것이다. 그러나 내 자신의 삶을 돌아볼 때마다, 날이 갈수록 이것은 더욱더 중요하게 여겨진다.

— 노만 W. 브라운
Foote, Cone & Belding 최고 경영자이며 은퇴한 회장

사장의 비서라고 하는 사람들은 당신에게 최고의 친구이거나 아주 나쁜 적이 될 수가 있다.

아무도 내게 이 사실을 말해 주지 않았다. 나는 오랜 시간이 지나는 동안 스스로 이것을 알아내야만 했다.

MBA를 취득하고 졸업하는 사람들은 동료와 상사를 쫓아가느라 정신이 없어서, 유능한 비서가 상사에게 끼치는 영향의 정도를 제대로 평가하지 못한다. 무엇보다 비서에게는 친절하게 대하고, 감사해 하고 그리고 칭찬하는 것이, 비서와 동맹관계로 발전할 수 있는 길고 긴 길을 걸어가는 방법이다.

나는 이 지혜를 내 아들이 사업을 시작하려고 할 때 얘기해 주었고, 나중에 아들은 내게 그것은 가장 유용한 충고였다고 말해 주었다.

— 죠 E. 데이비스
엔터프리너 투자상담가

듣는 것은 가장 배우기 어렵지만 반드시 지니고 있어야 할 가장 중요한 기술이다.

사람들이 말하는 것은 자신의 직업과 가족, 개인적인 야망 등에 관한 중요한 것들로써, 다른 사람이 말하는 것을 잘 듣는 방법을 배우는 것이야말로 광고사업에서 가장 큰 차이점을 만들 수 있다. 단, 들을 때는 제대로 잘 들어야 한다.

* 소비자들이 무엇을 말하고 무엇을 의미하고 있는가?
* 고객이 진심으로 무엇을 성취하고자 하는가?

말하는 것을 배우기는 상대적으로 쉽다. 말하는 것을 배우는 데 쓰는 시간보다는 듣기를 배우는 데 두 배의 시간을 쓰라.

— 린 업쇼
Ketchum 광고/샌프란시스코 지부 최고 기술고문

지금까지도 나는 회의에 참석할 때, 노트 오른쪽 상단에 'L'자를 써놓는다. 그것은 내 자신에게 "먼저 들어라(listen), 입 다물고 들어라!"라는 것을 상기시키기 위해서다. 때때로 나는 다른 사람에게 커다랗게 씌여진 'L'자를 보여주기도 한다.

국제적인 정보를 얻도록 하라.

– 피터 실리
코카콜라 회사 세계마케팅 전 부회장

1965년 이전에 태어난 사람들은 미국에서 경험만으로도 회사의 최고 자리에까지 올라갈 수 있는 마지막 세대였다. 그러나 이후 출생자들은 국제적인 경험을 쌓아야만 했다. 이는 단순히 국제여행을 말하는 것이 아니라, 외국에 살면서 일하는 것을 의미한다.

만일 20대나 30대 초반의 당신에게 해외 파견 근무를 할 기회가 주어진다면, 국내에서의 당신의 경력에 미치는 영향을 따지지 말고 그것을 놓치지 말도록 하라. 그것은 나중에 굉장한 이익배당을 가져다 줄 것이다.

또한 적어도 모국어를 제외한 2개 국어에 능통하도록 하라. 하나는 유럽이나 남미쪽, 하나는 아시아권 언어이다.

　열심히 일하는 것이 매우 중요하긴 하지만, 길을 걷다
가 꽃의 향기를 맡아 보는 것도 잊지 않도록 하라. 낙서
하는 것, 일 없이 빈둥거리는 것, 꿈을 갖는 것, 그리고
유머 감각을 유지하는 것, 그리고 나비넥타이를 매보는
것 등도 마찬가지이다.
　꽃의 향기를 맡기 위해 몸을 낮게 기울이는 것은 실제
로 그리 어려운 일이 아니다.

— 모간 추
Irell & Manella, 시니어 파트너

1994년 『National
Law Journal』은 미국
에서 가장 영향력 있는
100명의 변호사 중의
한 명으로 모간 추를 지
명했다.

25년 전, 나는 프로그램들을 저장할 능력이나 메모리 기능이 없었던 컴퓨터 시스템을 프로그램하는 것을 배우느라 바빴다. 당시 그 일은 5달러짜리 디지탈 손목시계보다 힘이 없었다. 그러나 오늘날 그 기술은 모든 사업과 사회적인 관계를 흔들어 놓고 있다.

컴퓨터의 위대함은 앞으로 더욱 예술과 문자의 지식에 버금갈 것이다. 컴퓨터에 대한 이해와 물 흐르듯 아무데고 통하는 온라인이야말로 21세기에는 책을 읽는 일만큼이나 기본적이고 자연스런 기술이 될 것이다. 컴퓨터에 대한 철저한 지식이 없다면, 당신은 정보의 시대에 길을 잃은 조난자가 될 것이다.

— 존 우프그렌
게이지 마케팅 그룹 최고 정보 담당자

언제나 과감하고, 진취적인 사람이 되어라.

— 제네 쿠멜
McCann—Erickson Worldwide 회장

맥캔—에릭슨 회사의 회장이 되기 오래 전, 제네와 그의 젊은 파트너는 뉴욕에서 〈노만, 크레이그 & 쿠멜 에이전시〉 회사를 창립했다. 그 회사가 아주 작은 에이전시에 불과했을 때, 한번은 매출액의 40%를 차지하고 있던 소중한 〈레블론〉 회사를 잃게 되었다. 그러나 바로 다음날에 제네는 손해를 만회하기에 충분한 규모의 〈콜게이트 · 팔모리브〉 회사에 일거리를 구하기 위해 전화를 걸었다. 제네의 전화를 받은 상대방은 입을 막고 웃는 소리를 내더니 그에게 물었다. "원 세상에, 우리가 왜 이제 막 광고사업을 시작한 30살밖에 안 된 당신에게 일을 맡겨야 하죠?" 제네는 잠깐 가만히 있다가 대답했다. "왜냐하면 만일 당신이 우리를 쓴다면, 잘 아시겠지만, 당신은 거의 다섯 개의 에이전시를 고용하는 것이 됩니다. 당신의 네 개의 에이전시는 매우 크지만 활동이 거의 없죠. 그러나 만일 젊고 배고프고 그리고 진취적인 우리에게 일을 준다면, 당신의 회사에 충격을 줄 것이고 다른 네 개의 에이전시를 깨우게 될 것입니다. 결국 각각의 에이전시에서 얻는 것보다 더 나은 광고를 얻게 될 것입니다."

몇 년 후, 〈노만, 크레이그 & 쿠멜〉은 그 자체만으로도 중요한 에이전시가 됐을 뿐더러, 〈콜게이트-팔모리브〉 회사를 위해 세계적으로 일하는 가장 큰 에이전시가 되었다.

제 9 장

시간이 내게 가르쳐 준 일들

톱을 날카롭게 하기 위해서는
시간이 필요하다.

— 챨스 레드 스콧
액티바 그룹 은퇴 회장이며 최고 경영자

톱을 날카롭게 하기 위해서는 시간이 필요하다.

— 찰스 레드 스콧
액티바 그룹 은퇴 회장이며 최고 경영자

언젠가 레드는 내게 숲을 걸어가고 있던 한 젊은이에 대해 이야기했다.

그 젊은이는 녹슨 톱으로 거대한 나무를 열심히 베고 있는 늙은 사람을 보게 되었다. 그는 녹슨 톱이라 더 이상의 진전이 없어 보이는데도 계속 나무를 베고 있는 노인을 지켜보다가 자기 길을 갔다. 그런데 되돌아오는 길에 보니, 노인은 그제껏 나무를 베고 있었다. 그는 노인에게 큰소리로 말했다.

"노인장, 그렇게 해봐야 나무는 더 이상 베어지지 않습니다. 그만 하고 톱을 간 다음에 나무를 베세요!"

그러자 노인이 땀을 줄줄 흘리면서 큰소리로 대답했다.

"젊은이! 시간이 없네! 시간이!"

앞으로 달려가기 위해 시간이 필요한 것은 명백하지만, 멈춰서서 톱을 갈기 위해 시간을 들여야 할 필요도 있다. 그것은 재충전을 위한 시간으로 세미나를 열거나, 책을 읽거나, 새로운 분야를 배우는 것, 또는 조용히 생각하며 시간을 보내는 것을 의미한다.

열심히 일하되 지혜롭게 일하라!

　당신을 위해 일할 수 있는 최고의 사람을 뽑고, 그들
을 신뢰해서 그들이 당신이나 그들 자신을 위해서 최선
을 다할 수 있도록 하라.

— 미르나 블라이스
『Ladies' Home Journal』의 출판감독 겸 편집인

누가 가장 영광스럽게 사
는 사람인가?
인간의 참된 영광은 한번
도 실패하지 않고 나아가
는 데 있는 것이 아니라,
실패할 때마다 조용히,
그러나 힘차게 다시 일어
나는 데에 있다.
— 스미드

내가 감사하게 생각하는 세 가지 미덕이 있다.

그 첫째는 진실이다. 대화할 때는 솔직하게 거짓이 없게 하고, 마찬가지로 당신이 상대하고 있는 사람들에게도 같은 것을 요구하도록 하라. 그렇지 않다면 어떤 관계든지 시들어 가게 마련이다.

둘째는 설득하는 기술이다. 명령이나 요구로는 성공할 수 없는 일도 설득으로 목표를 달성할 수 있다.

셋째는 간단명료함이다. 단순하고 품위 있는 해결책은 이해하기 쉽고, 발전될 수 있으며 실행될 수가 있다. 복잡한 요인들을 가지고 있으면, 성공의 가능성은 지수학적으로 줄어들게 된다.

— 다니엘 T. 스코트
스코트 프린팅 회사 회장

모든 재능 가운데 가장 가치 있는 것은 한 마디로 가능한 말을 절대 두 마디로 하지 않는 것이다.
— 토마스 제퍼슨

인습에 얽매이지 않는다지만, 당신의 역(役)에 맞지 않는 제멋대로의 머리 스타일, 구레나룻, 문신, 귀고리, 옷차림 등은 당신에게 사업상 백만 달러 이상의 손해를 보게 할 것이다. 만일 당신이 모든 일에서 맡은 역을 제대로 하길 원한다면, 그 역에 주의하라.

또한 당신의 결단력과 용기를 믿어라.

사업을 경영하고 관리하는 사람들은 사실과 모양만을 보고 직관력을 억제하는 경향이 있는데, 그렇게 하지 말라! 간혹 어떤 사람과 거래를 할 때, 사업성은 풍부한 것 같은데도, 웬지 꺼림칙한 느낌을 받을 때가 있다. 그런데 그런 거래는 예외 없이 사업적으로나 개인적으로 문제가 따르곤 했다.

당신 내면에서 나오는 무의식적인 느낌을 믿어라. 그것은 이제껏 당신이 살아온 경험에서 나오는 것이다.

— 루스 한린
선키스트 농장의 회장 겸 최고 경영자

사업을 하는 데 있어 차이점을 만들 수 있는 일을 일 년에 세 가지씩 하라. 무엇보다 그것들이 무엇인가를 알아내서 그것들을 끝까지 충실하게 추구하는 것이 중요하다.

―톰 라코
프록터 & 갬블 회사의 전 회장

〈프록터 & 갬블〉 회사는 '예산회의'라고 불리우는 회의를 갖곤 했다. 각 부서의 임원들은 내년 예산을 위한 '방어'를 하기 전에 연례심사를 받아야 하므로 경영적인 문제들에 대해 사장들로부터 굉장히 자세한 질문을 받게 된다. 그러나 톰은 달랐다. 톰은 그의 의자에 느긋하게 기대어 있다가 항상 같은 질문만을 했다.
"지금과는 획기적으로 다른 차별화를 기하기 위해 내년에는 어떤 세 가지 일을 할 계획을 갖고 있습니까?"
톰에 의하면 사업을 진짜로 변화시킬 수 있는 것은 그 어떤 세 가지 일이라는 것이다. 사람들마다 생각하는 것은 다르겠지만, 그 세 가지가 무엇인가를 나름대로 결정해서 그것들에 온 마음을 쓰고 충실하게 추구해 보는 것이 변화될 수 있는 열쇠라는 것이다.

174

삶이라는 것은 항상 공평한 것이 아니다. 어떤 때 그것은 공평하지 않게 풀리기도 한다. 그럴 때마다 훌쩍이거나 투덜대는 것을 멈추고 밖으로 나가서 당신을 위해 무언가가 일어나도록 하라.

나는 회계연도의 결산을 맞추어야 하는 때가 되면, 재정적으로 도와줄 요정이 밤에 홀연히 나타나서 자신들의 베개 밑에 있는 썩어 뽑힌 이를 제거하고는 아슬아슬한 고비를 넘기게 해줄지도 모른다는 요행을 기대하는 사람들을 많이 보아 왔다. 그러나 실제로 그런 일은 일어나지 않는다.

적어도 노력도 하지 않고 무엇인가 이루어지길 원하지 말라. 삶의 공평성은 그런 데 있는 것이 아니다.

— 딕 버틀러
광고 집행자 겸 국제 컨설턴트

마음의 문을 열어라. 모든 일에 대해 호기심을 가지고, 연구하고 질문을 하도록 하라. 항상 배울 자세를 갖추고 있어라. 단, 질문을 하되 제대로 묻는 것이 중요하다. 그리고 일을 끝까지 추구하라.

— 제리 기본스
미국 광고 에이전시의 서부 지역 수석 부회장

북쪽에서 온 한 외지인이 플로리다 에버그레이드에 있는 작은 호숫가에서 낚시를 하다가, 갑자기 수영이 하고 싶어졌다. 그런데 이 지역에 독사가 있다는 말을 어렴풋이 떠올리고 주저하던 참에, 그는 맞은편에서 길을 따라오던 한 소년에게 물었다.

"얘야, 이 호수에 뱀이 있니?"

"아뇨, 한 마리도 없어요."

소년의 말을 듣고 안심한 낚시꾼은 옷을 벗고 차가운 물로 뛰어들었다. 그런데 그가 약간 헤엄을 쳐 앞으로 나가자, 근처의 빽빽한 갈대숲에서 이상한 움직임이 느껴졌다.

"얘야, 여기에 뱀은 없다고 하지 않았니? 전에 이곳이 모카신(미국 남부에 서식하는 독사의 일종)의 천국이라고 들었는데… 정말 뱀을 본 적이 없니?"

"예."

그런데도 갈대는 다시 흔들렸다. 갈수록 심해지자, 다급해진 낚시꾼이 소년에게 다시 물었다. "어떻게 여기에 뱀이 한 마리도 없다는 거냐?" 그러자 소년은 이렇게 대답했다. "악어가 다 잡아먹었거든요."

진작에 내가 듣기를 원했던 한 가지는 항상 준비를 하라는 것이다. 이 충고는 지극히 간단함에도, 나는 사람들이 얼마나 준비성이 없는지를 알고는 계속적으로 놀라고 있다.

무엇이 어떻게 되어 가는지, 결과가 어떨지에 대해 아무런 생각 없이 사업상의 회의에 절대로 나서지 말라. 회의에 들어가기에 앞서 당신이 믿고 있는 것에 대해 다른 사람들의 반응이 어떨지 예상하고, 당신이 원하고 있는 요점에 주의하도록 하라.

살아가는 일이나 영화를 만드는 일이나 가장 중요한 것은 준비성이다. 준비하느라 지혜롭게 쓴 비용은 생산 전이나 생산 후의 모든 일에 쓸 비용을 다섯 배는 절약하게 해준다.

— 데니스 브라운
NBC 프로덕션 전 회장

당신의 자부심이 허락하는 한에서만 당신은 앞으로 나아갈 수 있다.

우리 모두는 우리 자신의 능력과 할 바를 스스로 제한해 버린다. 경험이나 본보기를 통해 배운 우리 자신의 자아 개념은 우리를 일정선에서 정지시킨다. 그것은 일종의 자기 만족을 스스로에게 주입시키면서 늘 '이만하면 됐다'고 안주시킨다.

그런데 만일 우리가 더 이상 할 수 없다고 생각한다면, 우리는 정말로 할 수 없게 된다.

우리의 선생님들은 우리들에게 자부심을 가르치지는 않는다. 자신의 태도를 받아들이고 깨닫는 책임은 오로지 당신 자신에게 있다.

— 버나드 차이손
미국 혼다 세일즈 매니저

당신 자신을 시대에 뒤진 사람으로 만들지 말라.

5년 전의 일은, 그냥 잊어라. 그것은 오늘날의 세태에는 적합하지 않다. 다른 사업들과는 달리, 영화 마케팅은 시간을 다투는 유행 사업이다. 고객들은 변하고 취향도 변한다. 그래서 이미 5년 전의 일이라면 고대의 역사나 마찬가지이다.

현재의 추세를 읽어라. 과거의 경험만으로는 절대로 충분치 않다.

— 버피 수트
유니버설 영화사 마케팅 파트 회장

〈실패에 넘어지는 사람〉
    1. 다른 사람을 탓한다
    2. 같은 실수를 되풀이한다
    3. 전통을 맹목적으로 받아들인다
    4. 과거의 잘못에 묶여있다
    5. 나는 실패자야 라고 생각한다
    6. 무언가가 제대로 되지 않았다고 믿는다
    7. 그만둔다 -

〈실패에 앞서가는 사람〉
    1. 책임감이 있다
    2. 실수할 때마다 배운다
    3. 다시 실패하지 않기를 기대한다
    4. 실패란 발전의 한 부분이라는 것을 안다
    5. 케케묵은 개념에 도전한다
    6. 새로운 모험을 받아 들인다
    7. 참을성이 있다

과거는 모두 잊어버렸다. 나는 미래만을 보고 있다.

— 에디슨

179

나는 진작에 누군가가 내게 나이가 많고 경험이 있다고 해서, 그것이 꼭 능력을 뜻하는 것은 아니라는 것을 말해 주었기를 바란다.

처음에 나는 나이 많고 지위가 있는 사람들의 대부분이 탁월한 능력을 갖추고 있으리라고 생각했었는데, 그것은 엄청난 착각이었다.

대학원을 마친 나는 중간 규모의 뉴욕 증권시장에 합병요원과 분석가로 일자리를 얻었는데, 당시 내가 맡아 일하던 한 회사는 기구를 다섯 그룹으로 나누어 다섯 명의 부회장을 두었다. 그러나 그 수석부회장들은 자신들이 하고 있는 일에 대해 정작 아는 것이 없었다. 그러면서도 어떻게 그 자리에 앉을 수 있었는지 모르겠지만, 당신도 이 사실을 알아두고 있으면, 나이와 능력이 비례할 것이라는 어설픈 추측은 하지 않아도 될 것이다.

―J. 테란스 라니
MGM 회사 회장

탁월한 사람을 고용하라.

그것은 단순히 좋은 결과를 가져오는 데 그치지 않고, 일하는 데 '재미'를 더해 준다. 비록 힘이 드는 일이라도 탁월한 사람과 같이 일하게 되면, 다른 사람들도 공중의 공이 계속해서 뱅글뱅글 돌아가도록 공의 위쪽을 빗겨치기하는 색다른 맛을 더할 수 있다. 결국 팀의 멤버들은 덩달아 일을 잘 하게 된다.

〈아비〉회사에 들어가기 전 나는, 남부 캘리포니아에 있는 〈엘 폴로 로토 레스토랑〉을 경영한 적이 있다. 거기서 나는 규모는 아주 작지만 정말 좋은 사람들로 한 팀을 만들었다. 1년이 채 안 되어 사업은 제자리를 찾고 빠르게 성장하여 순이익을 낼 수 있었다. 우리는 일도 열심히 했지만, 더불어 즐거운 시간을 보낼 수 있었다.

— 돈 피어스
아비 회사 회장

투시력, 결단력 그리고 열심히 일하는 것이 항상 모든 것의 충족 조건은 아니다.

때때로 실패란 다른 사람들이 우리 자신의 꿈을 공유하지 않았다는 것을 의미하기도 하는데, 사회적으로 좋은 일에 자신을 헌신적으로 던져 보기도 하고, 똑같은 힘을 당신과 가장 가까운 가정과 가족에 쏟아보기도 하라.

또한 성공하기 위해서는 변화가 가속화되고 있는 세상에서 경쟁할 수 있는 지식과 기술을 끊임없이 획득하는 것이 필요하다.

— 찰스 E. 영
캘리포니아 주립대학 (L.A.) 총장

세상을 위해서 일하지 않으면 사는 데 의의가 없다.
- 에디슨

고래떼 사이를 항해하지 말라.

우리 모두는 살아가면서 많은 '고래떼'들을 만나게 되는데, 그들 사이를 항해하지 않는 것이 현명하다.

가장 가까이 있는 고래떼 중의 하나는 당신의 배우자와 그의 부모들이다. 절대로 당신 배우자의 부모들을 비난하지 말라. 비록 상대방이 그럴 때라도 거기에 동의하지 말라.

피해야 할 다른 한 고래떼는 두 명의 '상관'들이다.

그리고 마지막으로 당신의 두 아이나, 두 명의 학생, 두 명의 직원들이 서로 의견이 맞지 않아 갈등을 일으킬 때는 비켜 서 있도록 하라. 당신의 도움 없이도 일을 해결하도록 하라. 이야말로 각자의 관계를 탄탄하게 하고 고래떼 사이에서 당신이 짓이겨지는 것을 피하는 길이다.

— 제인 H. 루톨드
일리노이 주립대학 경제학 교수

나는 25년 전 누군가가 내게 "너는 모든 것을 할 수 있다." 고, 그러나 모든 것을 동시에 할 수 있거나 혼자서 할 수 있는 것은 아니라는 것을 말해 주었기를 바란다.

나는 마흔이라는 나이에 사춘기에 접어든 두 아이의 뒷바라지를 해야 했고, 책 때문에 전국 순회를 해야 했고, 사업 상담을 해야 했고, 집을 새로 지어야 했다. 그러다 결국 나는 병원 신세를 졌다.

그때서야 나는 전에는 전혀 신경도 쓰지 않았던 우정의 가치에 대해 배우기 시작했고 누군가에게 도움을 요청했다. 나는 내 삶에 웃음과 재미와 균형과 막역한 우정 같은 것을 더하면서 삶의 질을 높이게 되었다.

내 자신과 나의 사업과 나의 성공만을 중히 여겼던 것은 그다지 소용이 없었다.

― 산드라 윈스톤
『The Entrepreneurial Woman』의 저자

자신이 주위에 있는 사람들과 다르다고 걱정하지 말라. 무슨 일에건 대답은 다양하게 나올 수 있는 것이다.

나 역시도 〈제너럴 후즈〉 사에 입사한 처음에는 회사의 방침과 분위기에 '적응하는 일'에 신경을 많이 썼지만, 회사가 진심으로 필요로 한 것은 맡은 책임을 다하면서 성심성의껏 일하는 사람이었다.

— 톰 로미그
마텔 장난감 스포츠과 전 회장

우리는 각기 다른 재능을 지니고 삶의 여정을 지난다. 그럼에도 우리는 그것을 어떻게 사용할지조차 모른다. 우리가 가지고 있는 재능은 우연히 생긴 것이 아니고 각기 다른 목적이 있다. 남들과 똑같은 모습으로 살아가느라 우리의 참된 재능을 쓸데없이 낭비시킬 필요는 없다.

살아가면서 우리에게 일어나는 일은 각자의 결심과 그 동안 받아온 훈련의 예정된 결과라기보다는, 우연히 일어난 일에 우리가 대응해 온 결과일 때가 더 많다. 그런데 그 대응 방법들은 공식적인 교육에 의한 것도 많지만, 우리의 가치, 믿음, 그리고 경험으로 모양새가 정해지는 것이 보통이다. 그러므로 우리는 꼭 '선생님' 이라는 이름을 가진 사람뿐만 아니라, 다른 사람들과의 모든 만남에서도 많은 것을 배워야만 한다.

수많은 환자들과의 대화에서 나는 (1) 자신을 행복하게 만들 수 있는 삶의 한 가지 이미지를 하나 이상 만들어 두고 융통성 있게 사는 것 (2) 자기 자신과 자신의 가치를 직업과 연결시키지 말 것 (3) 일보다는 사람을 사랑하는 것을 배웠다.

— 리 레이틀러
사우스 베이 종합병원 회장

186

절대로 존 우든(John Wooden)을 따르지 말라.

존 우든은 대학스포츠사에서 가장 성공적인 코치였다. 그는 12년 동안 UCLA를 10번이나 NCAA 농구 챔피언으로 만들었으며, 7년을 계속해서 그 자리를 놓지 않았다. 그의 팀은 88번 연승하는 기록을 세웠고, 그는 스포츠계에서 전설적인 인물이 되었다.

그는 자신의 실력이 절정에 있을 때 은퇴하면서, 자신의 코칭기술을 후임자에게 전수하기 위해 아주 성공적인 프로그램을 남겼다. 그러나 그의 뒤를 이은 코치들은 나름대로 성공했음에도 불구하고, 아무도 그만큼 진정으로 성공하지 못했다. 승리만이 전부는 아니었던 것이다. 존 우든의, 인간의 능력을 넘어선 무언가는 정상적인 기준으로는 평가될 수 없었다. 때문에 존 우든의 뒤를 이은 어느 코치도 그를 능가할 수 없었던 것이다.

때때로 비슷한 상황이 비즈니스계에서도 일어난다. '전설적인' 인물이 끌어가던 아주 성공한 비즈니스에서 새로운 지도자가 필요하여, 이제 당신이 그 자리에 새롭게 들어갔다고 상상해 보라. 당신이 그 '전설적인' 전임자의 능력을 쫓아가려고 하다가 오히려 사태가 나빠지게 되는 것은 당연하다.

이런 종류의 상황은 당신의 경력을 위해서도 그렇게 좋은 것은 아니다. 그런 종류의 기회에는 당신에 대한 비현실적인 기대 때문에 부담감이 있을 뿐이며, 일을 잘한다 해도 당신에게 쌓이는 신용은 별로 없고, 게다가 일하는 데도 재미가 전혀 없다.

그러니 존 우든의 흉내를 내려고 하지 말라. 대신에,

큰 틈을 메꿔야 하는 일에는 엮이지 말라. 앞사람에 견줄 만큼 되려면, 당신의 가치는 곱절은 돼야 한다. 큰 틈을 메꾸는 일은 어렵다. 왜냐하면 앞사람이 기득권을 갖고 있는 데다가, 지난 것이 항상 더 좋아 보이기 때문이다.

187

위로 성장할 여지가 있을 때는 도전을 받아들여라. 그런
다음에야 당신은 존 우든을 쫓아가는 것이 아닌, 그가
될 수 있는 것이다.

— 짐 헤린
DMB & B/L.A. 전 디렉터

좋은 사람들이 똑같은 모양으로 오는 것은 아니다.

나는 살아가면서 만나게 되는 다양한 모습들을 잘 다룰 줄 알았던 사람들을 존경한다. 말콤 포브스는 그런 면에서 나에게는 본보기적인 인물이었다. 그의 장례식에는 전직 대통령뿐 아니라 자전거를 타고 온 사람도 있었는데, 다들 그를 친구라고 불렀다.

다양성을 찬양하고 그것을 당신에게 유리하게 이용하도록 하라.

사업을 하는 데 있어, 조직에 있는 지식의 95%는 경영진이 아닌 아랫사람들에게서 나온다. 선적일을 하는 사무원이 당신에게 문제를 해결하는 방법에 대해 얘기할 수 있다. 당신의 비서야말로 사무실이 어떻게 되어 가고 있는가를 정말 잘 알고 있다. 안내석에 있는 직원은 고객들이 회사에 대해 진실로 어떻게 생각하고 있는가를 정확히 듣고 있다. 당신은 그들에게 물어 보기만 하면 된다.

— 빌 프래트리
『포브스』잡지 광고책임자

"25년 전 누군가가 당신에게 해주었으면 하는 말은 어떤 것입니까?"라는 질문에 대답한 거의 모든 사람들이 형태는 조금씩 달라도 위의 말을 덧붙였다.

우리 모두에게는 열심히 일하고, 목표에 집중하고, 삶의 주요한 부분들의 균형을 맞출 필요가 있다. 또한 그에 못지않게 긴장을 풀고, 일상을 즐기고, 꽃도 꺾어 가며 지낼 수 있는 여유를 가질 필요가 있다.

정자와 난자가 만날 확률은 200만분의 1이다. 우리 각각은 태어나서 이 책을 읽을 수 있는 그것만으로도 굉장히 큰 복권에 당첨된 것이나 마찬가지이다.

긴장을 풀고 여유를 가져라. 삶 자체가 위대한 일이다.

여유있게 하라! 여유를 가져라!

— 모든 사람들

몇 년 동안 나는 "25년 전 누군가가 당신에게 해주었 길 바라는 말은 어떤 것입니까?"라는 질문에 대한 다른 사람들의 대답들을 조사해 왔다. 여기 내 자신의 대답이 있다.

1. 당신의 꿈을 따르라.

당신이 진정으로 원하는 사람이 되어라. 10대였을 때부터 당신 내부에서 들렸던 '아주 작은 소리'에 귀를 기울여라. 그것이 당신이 내는 진정한 소리이다. 당신이 해야만 한다고 다른 사람들이 생각하고 있는 것에 자신을 맞출 필요는 없다. 당신의 가슴에서부터 사랑하는 일을 하게 되면, 보통 돈을 포함한 다른 모든 것들이 저절로 따라올 것이다.

당신의 꿈을 따르기 위해서는, 그것들을 간단하게, 마조리 블랑차드가 앞에서 말한 것처럼 '마감시간이 있는 꿈'인 목표로 바꾸어라. 그리고 당신의 목표를 한번 글로 써보되, 다른 사람들과 그 목표를 공유할 생각은 말라. 그렇게 하는 것이 당신 자신에게 완전히 솔직해지는 방법이다. 자신이 가고 있는 곳이 어디인지를 알고 있는 사람들은, 세상을 그렇게 크게 생각하고 있지 않다.

2. 당신의 가족을 품어 주어라.

당신의 가족은 당신이 생각하고 있는 이상으로 더 중요한 사람들이고, 돌보지 않으면 생각했던 것보다 더 멀리 가버릴 것이다. 내 책상에는 세 개의 사진이 있다. 하나는 부모님과 찍은 사진이고 나머지는 가족들과 휴가

가서 찍은 것들이다. 사무실에서 일하고 있는 사진이나, 사업상의 거래 사진이나 공식적인 모임 사진 같은 것은 없다. 그냥 가족사진뿐이다.

보통 스무 살 이전에 아이는 대학에 가거나 사회생활을 시작하면서 부모 곁을 떠나게 된다. 부모가 백년을 산다고 해도, 아이들과 같이 집에 있는 시간은 20년도 채 안 된다. 이것은 우리 삶에서 20%밖에 안 되는 시간인 것이다.

나의 아내는 아이들이 자라는 동안 치렀던 축구시합, 수영대회, 배구시합 등에 한 번도 빼놓지 않고 참석했었다. 부동산중개업자로서의 직업도 잘 수행하면서 말이다. 내가 사무실에서 '중대한 일' 만을 하고 있는 동안에, 그녀는 매일 아이들과 함께 있었던 것이다. 그 점에 대해 나는 아내에게 무척 감사하고 있다.

3. 당신에게 맞는 믿음을 발견하라.

대부분의 사람들에게 믿음은 매우 개인적인 일이다. 그리고 믿음이란 것은 그리 쉽게 오지 않는다. 어쩜 20년이 걸릴지도 모른다. 또한 지금 당장에 필요를 느끼지 못할 수도 있다. 그런 만큼 사업이나 개인적인 일, 가족문제 등 모든 일에 당신 자신을 집중할 방법을 찾도록 하라. 물론 믿음은 증명될 수가 없다. 그냥 당신의 직관을 믿어라.

마지막으로 당신을 향한 나의 바람은 순간순간을 즐겁게 지내며, 그렇게 하는 것에 대해 자신을 이기적이라고 느끼지 말라는 것이다.

진심으로 좋은 친구의 우정을 소중히 하라. 그들에게
최근에 전화를 건 적이 언제였던가?

당신이 어린 시절에 그렇게 사랑했던 나무그늘에 앉
아본 적이 언제였던가? 과연 나는 누구인가를 생각하며
자신을 돌아보는 평온함을 지니도록 하라.

너무 조급히 굴지 말고 나날을 즐겁게 지내라. 내일은
여기 있지 않다. 오늘은 절대적으로 영광스러운 것이다.
그것을 즐겨야 할 사람은 바로 당신이다.

— 리차드 에들러

옮기고 나서

꿈과 희망에 가득 찬 학생들을 가르치고 있는 나는, 학생들이 앞날에 대한 조언을 구할 때마다, 무슨 말을 해주어야 할지 여간 고민 되는 것이 아니었다.

그러다가 이 책을 우연히 보게 되었는데, 이 책에는 내가 찾고 있던 내용과 지혜들이 많이 담겨 있었다. 물론 많은 부분이 미국식 사고로 실리적이고 계산적인 면이 다분했지만, 요즈음의 젊은이들과 맞아떨어지는 부분도 있을 것이라는 확신이 들어 옮기게 되었다.

이 글을 옮기면서 나는 사회에서 나름대로 한몫을 하고 있는 사람들이 오랜 세월이 지난 후에야 알게 되는 소중한 가치 · 지혜 · 생각들이 지극히 평범하다는 사실에 놀랐고, 그 평범한 것들을 생활 속에서 실천하기가 얼마나 어려웠던가를 깨닫고는 다시 한번 놀랐다.

많은 사람들이 진작에 알았더라면 인생이 달라졌을 것이라고 말하는 삶의 지혜들을 독자들이 이 글을 통해 알게 되고, 자신을 재정비하는 시간을 가져보는 여유를 찾을 수 있다면, 이 책을 옮긴 역자로서 그것보다 더 큰 기쁨은 없을 것이다.

이 책은 1998년도에 「지나간 시간이 내게 가르쳐 준 것들」이라는 제목으로 출간되었던 것인데, 그 내용을

194

대폭 수정·보강하여 새롭게 출간하게 되었다.

　지금 우리에게는 경제난국의 높은 파고를 헤쳐 나가는 지혜와 용기가 필요한 때다. 힘든 때이지만, 오히려 현재의 위기를 우리 자신을 돌아볼 기회로 여기고 힘차게 앞으로 달려가 보도록 하자.

　특히 젊은이들이여! 낙담과 절망은 버려라! 그리고 꿈을 위해 노력하라!

— 2000년 가을
박성호

고래떼 사이를 항해하지 말라

개정판 1쇄 인쇄	2000년 10월 18일	
엮 은 이	리차드 에들러	
옮 긴 이	박성호	
펴 낸 이	이정옥	
펴 낸 곳	평민사	
주 소	서울시 서대문구 남가좌2동 370-40	
등 록 번 호	제10-328호	
전 화 번 호	영업(代) · (02)375-8571 편집 · (02)375-8572	
팩 스	(02)375-8573	
전 자 우 편	yeeuny@unitel.co.kr	
인 터 넷	http://www.pyungminsa.co.kr	

ISBN 89-7115-321-0 03800

* 잘못 만들어진 책은 바꾸어 드립니다.

값 6,500원